COURSE CONTRE LE ROI-SOLEIL

87, quai Panhard et Levassor – 75647 Paris cedex 13

ANNE-SOPHIE SILVESTRE

COURSE CONTRE LE ROI-SOLEIL

Castor Poche Flammarion

I. Philibert en liberté

Je m'appelle Philibert Le Brun.

Mon père, monsieur Le Brun, était Premier peintre du roi. Avec seulement un crayon ou un pinceau, il pouvait créer les personnages les plus beaux et les plus étranges. Sur son passage, les plafonds se peuplaient d'anges, de chevaux volants, de nuages rose et or, de soleils couchants et d'héroïnes antiques aux longues tuniques et aux beaux bras nus. Sur ses tableaux, la Vierge Marie, éclairée par le feu de l'âtre, berçait un Enfant Jésus lumineux aux grands yeux graves ; Alexandre le Grand montait sur un char étincelant ; les héros de l'Antiquité, casqués d'or et empanachés, se promenaient dans des jardins d'Italie ; le Sommeil, qui était une charmante femme ailée vêtue d'une robe bleue, dormait sur un lit de nuages. Et quand mon père peignait un portrait, la ressemblance était si extraordinaire que les gens s'exclamaient quand ils découvraient le tableau.

Le roi Louis XIV aimait la peinture de mon père. Quand il voulut transformer son château de Versailles en un palais immense, plus grand et plus magnifique que tout ce qui existait en Europe, il ne voulut personne d'autre que Charles Le Brun pour en diriger la décoration.

Pour le grand Versailles, mon père travailla jour et nuit. Il dessina lui-même les plans des appartements, des escaliers et des galeries. Il peignit d'immenses tableaux. Il peignit les plafonds. Bien sûr, il ne pouvait pas tout faire lui-même. Il avait réuni autour de lui tout un atelier de peintres et de sculpteurs mais rien ne se faisait sans sa décision. On ne donnait pas un coup de pinceau sans son accord. On ne posait pas une poignée de porte qu'il n'avait pas choisie lui-même.

Moi, j'avais onze ans et j'aurais eu l'âge de commencer mon apprentissage dans l'atelier de mon père. Il allait de soi que j'allais apprendre le métier de peintre. Le fils du Premier peintre du roi ne pouvait pas devenir autre chose que peintre. Que j'aie du talent ou non n'avait que peu d'importance. Ce qui comptait dans notre corporation, c'était le travail. C'étaient la patience et l'expérience. Le métier s'apprenait au cours d'innombrables heures passées dans l'atelier et sur les chantiers. Le talent était une chance que le sort vous accordait en plus ou qu'il ne vous accordait pas ; il n'y avait pas de quoi en faire tout un plat. Les peintres adultes transmettaient leur savoir aux apprentis et aux jeunes compagnons et, ainsi, un métier demeurait dans une famille de génération en génération.

Je n'ai connu qu'une seule personne qui ait volontairement quitté la corporation de sa famille, et encore cela se passait avant ma naissance. C'était Jean-Baptiste, le fils de Jean Poquelin, le tapissier du roi. Jean-Baptiste aimait le théâtre. Il voulait être comédien et n'en démordait pas. À vingt et un ans, il rejoignit une troupe d'acteurs. Inutile de dire que le départ de Jean-Baptiste fut un drame au sein de sa famille et un sujet de conversation inépuisable pour toutes les familles bourgeoises de Paris*.

Moi, donc, n'ayant pas de vocation pour m'en aller sur les routes et n'ayant aucun désir de faire de la peine à mes parents, j'allais devenir peintre. Je le savais et je n'éprouvais aucune répugnance pour cette profession ; bien au contraire puisque c'était celle de mon père. Je ressentais même du plaisir en imaginant que peut-être un jour je saurais comme lui peindre des farandoles d'anges ou des chevaux ailés. Mais je ne voyais aucunement la nécessité de commencer rapidement mon apprentissage. Au contraire, je voyais une foule d'excellentes raisons pour ne pas me presser.

Pour être clair, commencer mon apprentissage signifiait qu'il me faudrait désormais passer toutes mes journées au travail, dans l'atelier ou dans les salles dont on peignait les fresques, les dessus de porte et les plafonds. Comme plus jeune membre de l'équipe, on me confierait des travaux faciles dans les coins des tableaux : une chaussure, une branche, peut-être quelques feuilles, un morceau de ciel, une colonne... Comme ça, au moins, si je faisais des

* Jean-Baptiste Poquelin devint *Molière*.

dégâts, ça ne se verrait pas trop. Mais en tant que benjamin de l'atelier, j'aurais aussi le privilège d'avoir tout le monde sur le dos. Depuis les vieux peintres jusqu'aux jeunes compagnons, pas tellement plus âgés que moi, tous seraient d'accord pour me reprocher ma paresse et ma maladresse. J'aurais même droit à bon nombre de taloches pour m'apprendre à faire attention à ce que je faisais. Cela se passait ainsi dans tous les ateliers. La plupart des peintres avaient appris le métier de cette façon et disaient s'en trouver fort bien. J'allais passer ma vie un pinceau à la main, soit, mais tant qu'à faire je préférais commencer à douze ans — treize serait même encore mieux — plutôt qu'à onze, et bénéficier encore d'une ou deux années de liberté.

Curieusement, mon père, pourtant si exigeant envers lui-même et envers les autres dès qu'il était question de peinture, mon père qui n'aurait pas supporté qu'un tableau représentant huit ou dix personnes sorte de son atelier si l'un des personnages avait eu un nœud de chaussure imparfait ou une boucle de cheveux mal dessinée, mon père, donc, ne semblait pas pressé de me mettre au travail.

J'entendais parfois les gens lui faire reproche de sa faiblesse. Un jour, c'était dans le grand Versailles encore en construction, j'allais entrer dans l'une des pièces qui devaient devenir l'appartement du roi et dont mon père décorait le plafond, quand j'entendis une conversation dont j'étais l'objet. On parlait de moi. Je m'arrêtai.

— Il faut que votre garçon commence à travailler, monsieur Le Brun, disait à mon père un peintre de notre atelier. Le laisser paresser et vagabonder comme ça, ça n'est pas lui rendre service.

— Oui, oui, monsieur Mouron, il le faudrait... répondit mon père avec peu de conviction.

Sournoisement, mon père tenta de dévier la conversation sur la peinture qui se déployait au-dessus d'eux :

— Monsieur Mouron, ces nuages, là... Si nous les faisions plus lumineux, un peu flamboyants... Qu'en dites-vous ? Cela éclairerait le fond du tableau.

M. Mouron se fâcha :

— Monsieur Le Brun, vous faites exprès de ne pas me répondre et ce n'est pas bien. Si Philibert en grandissant tourne mal, vous en serez très malheureux, et par votre faute. Moi, mon fils a commencé à travailler à dix ans. À douze, il était déjà capable de dessiner des mains et des visages qui ressemblaient à quelque chose. Oh ! il n'était pas très rapide, on ne pouvait pas encore appeler ça du travail soigné mais c'était déjà du travail propre.

— Vous avez raison, monsieur Mouron, dit mon père, conciliant ; je vais m'en occuper... très bientôt. Oui, c'est cela, très bientôt.

Il leva la tête vers son plafond :

— Nos nuages... je verrais bien un peu de rose dans ce ciel.

M. Mouron soupira, et moi, depuis ma porte, j'adressai à son dos ma plus belle grimace. De quoi se mêlait ce vieux raseur d'ennuyer mon père avec des idées pareilles ? Elles lui viendraient bien assez tôt toutes seules. Quant à son fils, l'inénarrable Albert Mouron, si j'avais été à sa place, j'aurais évité de rappeler que ce dindon était de ma famille. À vingt ans, Albert ne pouvait pas peindre un visage qui n'ait pas l'air bête comme une oie. C'était sans doute, pensai-je avec méchanceté, parce qu'il ne faisait que des autoportraits. D'ailleurs, on lui confiait très rarement la responsabilité d'un visage. Quand cela arrivait, c'était en général sur une crucifixion ou un martyre ; au dernier plan, il peignait les aide-bourreaux ou la foule des méchants. Il n'aurait pas fallu lui donner un portrait, la maison aurait perdu le client. Ah si ! Il y avait une chose qu'il savait faire, allez savoir pourquoi : le plumage des oiseaux dans les natures mortes avec gibier... En plus, ce barbouilleur de perdrix me détestait. Quand je pénétrais dans l'atelier, je pouvais sentir peser sur moi tout le poids de son hostilité. Du reste, je savais bien pourquoi. C'était exactement pour les raisons dont son père venait de parler. Lui, on l'avait mis au travail dix heures par jour dès l'âge de dix ans. Moi, mon père me laissait vivre dans la liberté et la plus charmante paresse. Lui, il avait sans doute reçu au cours de son interminable enfance plus de coups de pied au cul qu'aucun apprenti peintre ne peut en recevoir. Moi, le fils de M. Le Brun, tout le monde m'aimait bien et j'étais le bienvenu partout sur l'immense chantier de Versailles. Certes, tout cela était injuste mais je n'y étais pour rien et je n'allais pas me casser la tête parce que la vie était plus riante pour Philibert Le Brun que pour Albert Mouron.

En fait, j'étais la seule faiblesse que mon père s'accordait. Il aimait m'avoir près de lui à tout moment. Depuis que j'avais trois ou quatre ans, nous ne nous étions jamais quittés longtemps. À l'époque, je trottais déjà derrière lui partout où je pouvais le suivre et il aimait me savoir là, comme une petite ombre fidèle. J'avais passé un très grand nombre d'heures à suivre le trait de son crayon ou le mouvement de son pinceau et mon imagination était nourrie des histoires fabuleuses que sa peinture racontait.

Mon père me montrait parfois les études et les croquis de ses nouveaux projets. Il arrivait même qu'il me demande ce que j'en pensais. J'étais immensément fier de ce privilège. Je réfléchissais toujours profondément à mes réponses. Ce n'était pas un jeu. Je savais que, quand mon père me demandait mon avis, son idée, qui n'était souvent encore qu'une intuition, se mettait à prendre vie, à bouger, à remuer et à grandir dans son esprit. Et parfois, plus tard, devant l'œuvre finie, je me souvenais d'avoir participé à l'instant très bref pendant lequel elle était née dans l'imagination de mon père. Pour un peu, je me serais presque accordé une part minuscule dans son existence.

Mon père savait comme moi que le jour où j'entrerais dans le métier, nous serions séparés toute la journée. Même si nous nous trouvions dans le même atelier, nous n'aurions guère d'intimité. Devant les autres, il nous faudrait respecter l'abîme social qui séparait le maître de l'apprenti. Une autre raison qui le poussait à retarder ma mise au labeur était qu'il éprouvait du plaisir à me savoir en liberté. Lui qui avait tant de contraintes et d'obligations, de réunions d'ateliers, de visites de chantiers et de conférences avec les intendants royaux, il soupirait après un peu de temps libre et d'insouciance. Il aurait désiré avoir parfois une ou deux journées bien à lui, sans visite à faire, sans décision à prendre, ni lettre à écrire. Il aurait voulu quelques heures pour se promener sans penser à rien, pour admirer les arbres et le ciel, et pour prendre au vol sur son carnet de croquis le profil d'une lavandière penchée au-dessus de l'eau... Ne pouvant s'accorder ces vagabondages, il me les accordait à moi et je puis dire que j'en profitais pleinement. Dès que mon père était retenu par quelque compagnie, je m'échappais et l'immense Versailles en perpétuelle transformation était à moi.

Quel séjour était Versailles ! Tout bougeait, tout changeait sans cesse. Le roi avait la passion de bâtir et d'embellir les bâtiments et les jardins. On détruisait un pavillon charmant pour en construire un autre plus joli encore. On supprimait un labyrinthe parce que le roi souhaitait à cet endroit un théâtre de verdure. Chaque journée était une aventure. J'avais à peine assez de mon temps, pourtant entièrement libre, pour me tenir au courant de tout ce qui se passait ici.

Et quelle compagnie on trouvait à Versailles ! Le roi choisissait infailliblement les meilleurs artistes pour l'entourer. Il y avait bien sûr mon père, mais aussi André Le Nôtre pour les jardins, Lulli et Delalande pour la musique, Molière pour le théâtre... Je n'étais jamais rassasié de les suivre, de les entendre et d'épier leur travail.

Et par-dessus tout, il y avait le roi. Il n'y avait qu'un seul mot pour décrire le roi : il était magnifique. Le plus ordinaire de ses gestes était empreint de grandeur et de majesté. Je l'aimais avec vénération. Je n'étais pas le seul, c'était le cas de tous ceux qui l'approchaient. Mon père, Le Nôtre, Molière, Lulli, les ministres, les courtisans, et tous ceux qui travaillaient à la construction de Versailles. Tous ces gens s'échinaient au travail, ils travaillaient jusqu'à l'épuisement, ils se seraient tués à la peine pour obtenir un sourire et un compliment de Louis XIV.

« Voilà une fort belle perspective, monsieur Le Nôtre !... Mon cher Molière, j'ai beaucoup aimé votre pièce !... Quel air agréable, monsieur Lulli !... Monsieur Le Brun, cet appartement me plaît !... »

Une seule de ces phrases prononcée par le roi comblait de bonheur celui à qui elle était adressée et le récompensait de mois ou même d'années de labeur acharné.

Le soir, quand mon père n'avait pas oublié l'heure sur son chantier, devant une toile ou penché sur sa table à dessin, nous soupions ensemble. Nous soupions tout simplement, tout tranquillement, mon père, ma mère et moi, comme les bons bourgeois que nous étions. N'étant pas nobles, nous étions dispensés de toute cette étiquette et de toutes ces cérémonies compliquées dont les gens de qualité aimaient à entourer leur vie. Nous étions entre nous. Nous avions une faim du diable, mon père après tant d'heures sur ses chantiers et ses échafaudages, moi après tant de courses et de vagabondages. Ma mère versait le potage avec une jolie louche en argent qui servait déjà autrefois chaque soir chez mes grands-parents et, chacun, nous racontions ce que nous avions vu et fait pendant la journée.

Le soir qui suivit la conversation avec M. Mouron, celle que j'avais dûment espionnée, je vis un nuage soucieux passer sur le front de mon père au moment où il attaquait son rôti. Je devinai tout de suite ce qui allait venir : cet âne de Mouron père avait réussi à lui donner mauvaise conscience. Il lui avait remis en mémoire mon statut fort indéfini et fort agréable.

— Philibert... commença mon père.

— Oui, père ? répondis-je, l'air innocent et attentif à tout ce qui pouvait suivre.

Il changea d'avis et décida soudain de s'adresser à ma mère, espérant sans doute trouver un soutien de son côté :

— Ma mie, rappelez-moi : quel âge a notre fils ?

— Charles ! Philibert a onze ans depuis quatre mois. Comment pouvez-vous oublier une chose pareille ?

— Je ne l'oublie pas, bien sûr... Bien entendu, je le savais !

Bien sûr que si, il l'avait oublié ! Mon père avait beaucoup de peine à se souvenir du nombre exact de mes années. Il en oubliait toujours deux ou trois. Je crois qu'il n'y attachait pas beaucoup d'importance. Pour lui, j'existais ; c'était là l'essentiel.

Il continua, s'adressant toujours à ma mère :

— Voyez-vous, ma mie, je me demandais s'il ne serait pas temps de faire entrer Philibert à l'atelier... Est-ce bon pour lui de vivre comme cela sans discipline ? Moi, j'ai commencé à travailler à dix ans. À douze, je peignais déjà des mains et des visages qui ressemblaient à quelque chose. Ce n'était pas encore du travail soigné...

Tout cela était archi-faux. Mon père, à qui cette décision pesait, disait n'importe quoi. Ne sachant quelle résolution prendre, il se raccrochait aux consternantes banalités du père Mouron, dans lesquelles il lui avait semblé déceler une infime et rassurante trace de bon sens. Il n'avait aucun souvenir de son propre apprentissage pour la bonne raison qu'il n'en avait pas fait. À six ans, il était déjà un génie. Il vivait un crayon à la main et, sans avoir rien appris, son trait, par la sûreté et l'audace, valait celui des maîtres. Ils en convenaient d'ailleurs. Et tout le monde avait respecté et admiré la progression autonome du jeune prodige. Adolescent, on l'avait envoyé à Rome pour parfaire son coup d'œil et y rencontrer les artistes de l'époque. Il en était revenu avec des caisses entières de dessins et amoureux pour la vie de la mythologie et de l'harmonie des sculptures antiques.

Moi, je n'étais pas un génie. C'est tout de même une chose assez rare, le génie. J'avais suffisamment dessiné depuis l'âge de mes premiers barbouillages — on ne vit pas pour rien dans une famille de peintres — pour le savoir. Avec un travail raisonnable, je deviendrais sans doute un jour un peintre habile connaissant tous les tours de main du métier, rien de plus qu'un artisan consciencieux. Ma mère le savait comme moi. Elle s'y connaissait. Elle était fille de peintre, épouse de mon père, et peintre elle-même ; elle réalisait de jolis portraits d'enfants au pastel alors que ce n'en était pas encore la mode. Et ma mère n'avait pas envie de me savoir enfermé la journée entière à respirer de la peinture dans un atelier dont toutes les fenêtres étaient tournées vers le nord.

Je me portais comme un charme mais elle ne pouvait s'empêcher de me trouver petit et fragile. Depuis ma naissance, elle avait vécu mille terreurs à chacun de mes rhumes. Comme toutes les mères, d'ailleurs. La toux et la maladie de poitrine emportaient des quantités d'enfants. On disait dans les familles que, passé douze ans, l'enfant était tiré d'affaire ; les parents attendaient donc avec anxiété cet anniversaire qui semblait devoir conjurer le mal.

Ma mère avait la certitude que le soleil et l'air de la campagne étaient ce qu'il y avait de meilleur pour la santé des enfants et elle se félicitait de me savoir dehors tout le jour. En été, elle était charmée quand je rentrais à la maison à la nuit, sentant le foin, le visage et les bras brun et rouge, cuits comme ceux d'un sauvage. Son plus vif désir était que je mène cette vie le plus longtemps possible. Elle savait bien qu'une ou deux années de moins à travailler ma peinture ne changeraient pas grand-chose à mon avenir. En revanche, elle croyait fermement qu'un ou deux ans de plus à vivre au grand air me rendraient robuste et bien portant pour le restant de mes jours. Bref, si mon père avait espéré trouver en ma mère une alliée, une personne autoritaire et pleine de raison qui prendrait à sa place la douloureuse décision de me faire travailler, il s'était trompé.

Au fond, pensai-je, avec des parents comme les miens, j'avais encore quelques beaux jours de liberté devant moi.

Ma mère sentit que mon père était réellement tourmenté : il s'en voulait, il craignait d'être un mauvais père... Et ma mère avait deux missions sacrées sur cette terre : ma bonne santé et la tranquillité d'esprit de son génie d'époux. Donc, avant toute chose, elle entreprit de le rassurer :

— Vous avez raison, mon ami. C'est une question importante. Il nous faudra bien peser notre décision.

Elle se gardait seulement de fixer la moindre date et ce flou convenait à merveille à mon père. Il était confirmé que mon affaire était sérieuse, ce qui était le fait de parents conscients de leurs devoirs. On prendrait une décision, certes, mais pas ce soir, et cela était bien agréable... Mon père coupa une deuxième bouchée de sa tranche de rôti et la mastiqua avec plaisir, la saveur du premier morceau lui ayant complètement échappé pour cause de souci.

J'en profitai pour me lancer dans le sujet de conversation qui pouvait lui être le plus agréable :

— Père, je suis passé tout à l'heure à l'appartement du roi (je parlais bien entendu du futur appartement, celui encore en chantier ; j'étais chez moi partout à Versailles mais tout de même pas au point de pénétrer dans l'appartement que le roi occupait encore au château-vieux), j'ai vu vos nuages roses.

Mon père eut un sourire enchanté :

— Tu as vu mes nuages ? Ils sont jolis, n'est-ce pas ? Tu as remarqué la très fine ligne jaune qui borde les nuées ?

— Je l'ai vue. C'est elle qui crée l'effet lumineux. Quel jaune avez-vous utilisé, père ?

— Un jaune de paille, un peu de jaune safran pour en corriger l'excès de vivacité, une touche de blanc au bon endroit pour au contraire l'éclairer. Oh ! très très peu... C'est là qu'il faut avoir la main légère... Ce sera en hiver, les jours de soleil, qu'il faudra le voir, ce plafond... Le soleil bas sur l'horizon entrera à plein dans la pièce et éclairera jusqu'au mur du fond. Le rose de mes nuages se reflètera dans toute la chambre.

— Puis-je venir le voir, moi aussi, ce plafond ? demanda ma mère.

— Mais, ma mie, il n'est pas fini.

— Peu importe. Vous avez excité ma curiosité, vous et Philibert.

— Eh bien, venez, ma mie. Je serai charmé de votre visite mais ne venez pas avant trois heures de l'après-dînée. Auparavant, la lumière sera sans intérêt. C'est l'inconvénient de ces pièces tournées vers l'ouest. Mon plafond sera terne.

— Je ne le crois pas, dit ma mère, mais je viendrai à trois heures si vous le souhaitez ainsi. Mais, vous, de votre côté, ne m'oubliez pas.

— Allons donc, madame ! Comme si je pouvais oublier quelque chose d'aussi important que votre venue.

Il le pouvait. Mais, tout de même, cela n'arrivait pas si souvent que ça.

2. La terrasse de Versailles

Quelques jours plus tard, le roi, qui se trouvait à Saint-Germain-en-Laye, vint séjourner à Versailles. Il n'y avait rien là que de très normal. Le roi changeait sans cesse de lieu.

Depuis mille ans, la Cour des rois de France était nomade. Louis XIV passait deux mois d'hiver au Louvre. Au printemps, il allait et venait de Saint-Germain à Compiègne, ou de Fontainebleau à Versailles. Aux beaux jours, il se rendait aux armées, en Picardie ou dans les Flandres. Août et septembre se passaient à Chambord où la chasse était incomparable. Et en automne, c'était de nouveau Saint-Germain et Versailles. Et toute la Cour suivait. La reine et les favorites ; les écuyers et les demoiselles d'honneur ; les ministres, leurs secrétaires et leurs archives ; les courtisans et les domestiques ; tout ce monde en carrosse, à cheval, en chariot ou à dos de mulet ; dans la poussière, les cahots, l'inconfort et les lits en nombre insuffisant chaque soir. Quand le roi allait quelque part, on l'accompagnait ; et les gens de la Cour qui n'étaient pas invités à le suivre en étaient malheureux comme les pierres.

Mais, avec la construction du grand Versailles, tout cela allait changer. La monarchie ambulante, pour la première fois, allait s'immobiliser. Le voyage était terminé.

— Le roi ne pourra pas tenir en place, prédisait mon père quand il émergeait de l'univers de sa peinture pour se préoccuper des affaires de ses contemporains, ce qui arrivait de temps en temps. Cela n'est pas possible autrement. Il y a dix siècles que nos rois ne s'arrêtent quelque part que lorsqu'ils sont malades, prisonniers ou mourants. Des gens qui marchent depuis mille ans ne peuvent pas s'immobiliser ainsi du jour au lendemain.*

---

* Le père de Philibert se trompait. Quand le grand Versailles fut achevé, Louis XIV y fixa la Cour et n'en bougea plus.

Le roi arrivait donc pour passer quelques jours à Versailles, ce qui remplissait d'aise mon père, son ami Le Nôtre et tous ceux qui travaillaient à la construction du palais. D'aise et toujours aussi d'un peu d'inquiétude : le roi allait-il trouver à son goût les travaux qui avaient avancé pendant son absence ? À mon avis, ce souci était inutile. La construction de Versailles était la passion de Louis XIV. Le temps lui paraissait long quand il s'éloignait de son cher chantier. Et il avait la plus grande confiance dans le goût des artistes qu'il avait choisis. Il leur faisait infiniment plus confiance qu'il ne s'en accordait à lui-même. Lui, le roi, avait le talent de choisir les hommes. Eux, avaient celui de créer des jardins, des palais, des statues et des personnages de théâtre inoubliables. Quand il leur faisait une suggestion, c'était avec une sorte d'humilité et toujours un respect entier de leur liberté. Je n'ai jamais entendu dire que le Roi-Soleil ait fait changer par caprice un coin de tableau à mon père ou une scène à Molière.

Le lendemain de l'arrivée du roi, mon père et André Le Nôtre, le jardinier, allèrent le saluer à son Lever.

Chaque matin, vers huit heures, le Premier gentilhomme de la Chambre entrait et tirait les rideaux entourant le lit du roi. La journée était commencée. Puis il allait ouvrir les portes, et les personnages les plus considérables de la Cour pénétraient dans la pièce. C'était ce qu'on appelait les Grandes Entrées. Ces privilégiés avaient le bonheur d'être les premiers à saluer Sa Majesté, encore dans son lit, en chemise et bonnet de nuit.

Le cérémonial était d'une absolue rigueur et le roi n'aurait pas voulu qu'on en retranchât une miette mais il ne dormait pour ainsi dire jamais dans cette chambre de parade froide, solennelle et assez grande pour recevoir une foule. Il dormait auprès de la reine, ou auprès d'une de ses maîtresses, ou tranquillement dans une chambre intime et confortable qu'il s'était fait aménager dans une partie un peu discrète du château. Il venait se coucher dans ce lit juste avant de s'en lever en public.

Moi qui aimais être de bonne heure dans le parc, il m'était déjà arrivé de voir le roi, habillé comme pendant la journée, regagner le château par une porte latérale quelques minutes à peine avant la cérémonie du Lever.

Le roi, assis dans son lit, se lavait les mains. Le Grand aumônier récitait la prière. Le roi se levait. On lui passait sa robe de chambre et une perruque courte. Puis ses bas et son haut-de-chausse. Il prenait alors place dans un fauteuil et faisait appeler les Secondes Entrées, c'est-à-dire une foule de gens de moindre importance, dont mon père, Molière et Le Nôtre quand ils se trouvaient dans le lieu où résidait Sa Majesté. Bien entendu, je n'avais pas ma place dans de telles solennités ; ce que je raconte-là, je le sais par les récits de mon père. Il n'y avait pas que de la pose et du théâtre dans cette espèce de ballet recommencé chaque matin. Le Lever était un moment essentiel dans l'organisation de la Cour et des affaires de l'État. Le roi, dès la première heure de la matinée, avait tout son monde sous les yeux.

Ce matin-là, le roi était d'excellente humeur. Il était arrivé la veille au soir et il avait eu le plaisir de voir que la construction avait bien avancé. Les dames et les courtisans (quand Sa Majesté ne les entendait pas) pestaient contre ce séjour dans ce Versailles en perpétuels travaux, ces gravats, cette poussière, ce bruit et cette foule d'ouvriers. Mais Louis XIV adorait l'atmosphère de ruche au travail des bâtiments qu'on construit.

Il y avait foule au Lever. Le roi fit un joyeux signe à mon père et à Le Nôtre qui, moins habiles que d'autres à jouer des coudes pour s'imposer au premier rang des visiteurs, s'étaient trouvés repoussés tout au fond de la pièce.

— Monsieur Le Brun, approchez donc ! Dites-moi, comment vont nos plafonds ?

Mon père traversa quelques rangées de courtisans, fit une ample révérence et répondit :

— Sire, le plafond du premier salon de Votre Majesté, le salon de Mercure est terminé. Il en est à sécher. Et nous avons commencé celui du salon attenant.

— Quel en est le thème ?

— Le salon de Diane, Sire.

— Nous pourrons véritablement baptiser cet appartement : l'appartement des Planètes... Quand pourrai-je voir ces plafonds ?

— Sire, dès qu'il plaira à Votre Majesté.

— Fort bien, je viendrai à midi.

Mon père salua. Il aurait certainement préféré un peu plus tard dans la journée afin que ses peintures bénéficient d'une lumière plus flatteuse mais le roi avait dit midi et il n'était pas concevable de modifier une heure décidée par le roi. C'était déjà une immense gracieuseté que faisait Sa Majesté à M. Le Brun — et toutes les personnes présentes n'avaient pas manqué d'en prendre bonne note — de venir admirer les nouveaux plafonds dès son premier jour à Versailles.

On déposa devant le roi la table qui portait son déjeuner. Le roi, le matin, mangeait de façon fort simple : du pain, du bouillon, un verre de vin. Le déjeuner de presque tous les Français avant de partir au travail. Il trempa un morceau de pain dans le bouillon. Avant de le porter à ses lèvres, il se tourna vers Le Nôtre et poursuivit :

— Monsieur Le Nôtre, nous accompagnerez-vous ?

Le Nôtre s'inclina :

— Sire, cela sera pour moi une joie.

— Eh bien, voilà qui est dit. Nous irons ensuite voir les jardins.

Le Nôtre s'inclina une seconde fois. Le rendez-vous était pris.

Au début de l'après-midi, le roi alla donc se promener sur la grande terrasse qui s'étendait devant le château, accompagné de Le Nôtre, de mon père, de tous leurs secrétaires portant la totalité des plans des travaux en cours au cas où le roi émettrait le désir de les consulter, d'une cinquantaine de personnes qui se tenaient quelques pas en arrière car ce n'étaient pas elles qui avaient été nommément invitées, et de moi-même, Philibert, qui n'étais pourtant pas censé être là. Encore une fois, je n'avais rien à faire au sein de cette assemblée mais je grillais d'une telle curiosité que je m'étais glissé au dernier rang de la promenade du roi. On me toléra. Aucun marquis acrimonieux ne me chassa d'un coup de pied au cul comme le gamin outrecuidant que j'étais. En fait, ce jour-là, je savais bien que je ne risquais pas grand-chose de ce genre. Le matin, au Lever, le roi s'était montré fort bienveillant envers mon père. À midi, en visitant les appartements, il avait loué les peintures commencées. M. Le Brun était aujourd'hui bien en cour, personne ne prendrait le risque de se montrer désagréable envers son fils.

Toutefois, si dans quelques jours le roi visitait les travaux de mon père sans prononcer d'avis flatteur, ni simplement d'avis du tout, la rumeur que Le Brun n'était plus en faveur se répandrait comme une traînée de poudre, attisée par tous les malveillants et les jaloux, et cela faisait bien du monde. Tous ces gens qui prodiguaient aujourd'hui mille amitiés à mon père se détourneraient de lui. Mon pauvre père en serait au désespoir et cela durerait jusqu'à la prochaine parole amicale que lui dispenserait le roi. J'en serais profondément navré pour lui et, pour ma part, je devrais pour un temps montrer beaucoup plus d'humilité dans ma façon d'être.

Ainsi allaient les choses à la cour du Roi-Soleil. Louis XIV ne voulait pas que ceux à qui il témoignait de la considération s'exagèrent leur importance. Pour s'en assurer, il pratiquait l'alternance des paroles chaleureuses et des remarques froides. Ses principaux ministres subissaient comme les autres cette douche écossaise et aucun ne pouvait se flatter d'avoir sur lui une réelle influence. Même la marquise de Montespan, la favorite en titre, la superbe et toute-puissante maîtresse du roi, la sultane de la Cour, qui était alors au sommet de la faveur, se trouvait de temps en temps mortifiée par un mot sarcastique ou une remarque hautaine infligée en public.

Mais aujourd'hui, pour nous, les Le Brun, c'était jour de grand soleil. Tout allait bien. Le roi était enchanté des travaux de mon père. Il l'avait dit fort haut et tout Versailles le répétait déjà. Je pouvais me pavaner à la queue de la promenade royale en toute tranquillité.

Nous passâmes devant les fenêtres du futur appartement du roi. J'observai du coin de l'œil que les peintres de notre atelier avaient quitté le travail pour nous regarder passer. Certainement, Mouron le père et Mouron le fils devaient y être aussi. En passant devant les fenêtres, j'imitai à leur intention l'attitude de mes voisins : l'air rengorgé, déférent et éclatant de vanité du courtisan en promenade. Albert a dû en faire une jaunisse.

Le roi s'arrêta à l'extrémité de la terrasse et, appuyé des deux mains sur sa canne, il contempla le paysage qui s'étendait devant lui. Et tout le monde contempla avec lui.

La terrasse se terminait par un double escalier en fer à cheval, puis une pelouse descendait en pente douce jusqu'à un bassin rond. La pelouse était toute jeune mais elle venait bien.

Elle promettait d'être superbe cet été. Le roi et Le Nôtre la regardèrent avec une sorte d'attendrissement parental. Ils l'avaient plantée ensemble l'année précédente afin de donner de la fraîcheur à la vieille allée Royale tracée autrefois par le roi Louis XIII. Ils l'avaient baptisée le « Tapis vert ». Au-delà du bassin, la forêt s'éloignait vers l'horizon.

— Quelle belle vue ! N'est-ce pas, monsieur Le Nôtre ? demanda le roi après avoir rêvé un moment.

— Magnifique, Sire ! Cet endroit offre des possibilités étonnantes.

Le roi jeta sur son Premier jardinier un rapide regard, à la fois curieux et amusé. Il connaissait son Le Nôtre : Le Nôtre avait une nouvelle idée à lui proposer, et une nouvelle idée qui lui tenait à cœur.

— À quelle possibilité étonnante songez-vous précisément, monsieur le Premier jardinier ? demanda-t-il.

— À un canal, Sire ! La disposition du terrain permettrait de creuser ici un canal tout à fait original.

Le roi médita quelques instants.

— Est-ce un canal parallèle à la façade du

château, comme celui de Vaux*, que vous envisagez ?

— Non pas, Sire. Tout le contraire. À Vaux, nous avons été obligés de composer avec la nature du terrain ; la longueur du jardin a été limitée par cette colline qui se trouve à son extrémité. Ici, à Versailles, Votre Majesté dispose d'un espace infiniment plus vaste...

Le Nôtre avait bien conscience, avec ces comparaisons, de faire plaisir au roi. Il était mieux placé que personne pour savoir qu'un des désirs profonds de Louis XIV était que Versailles soit plus beau que Vaux.

— C'est au contraire un canal d'une très grande longueur que je voudrais voir creuser ici, poursuivit le Premier jardinier ; plus long que personne n'en a encore créé. Un canal qui donne l'impression de s'en aller jusqu'à l'horizon. Le ciel se reflètera sur l'eau. Il faut que depuis la terrasse où se trouve aujourd'hui Votre Majesté, on ait l'impression que le ciel rejoint le ciel...

---

* Le jardin du château de Vaux-le-Vicomte, à l'est de Paris, appartenant à Nicolas Fouquet, surintendant général des Finances, avait été dessiné par André Le Nôtre quelques années plus tôt et avait suscité l'admiration jalouse du roi.

Le roi hocha la tête :

— Fort bien, fort bien, monsieur Le Nôtre... Avez-vous un plan, ou un dessin de ce projet ?

— Sire, j'attendais l'ordre de Votre Majesté.

Le Nôtre frappa dans ses mains. Deux valets qui attendaient cachés derrière un buisson (le Premier jardinier avait tout prévu) apportèrent en courant une table sur laquelle il déroula les dessins de son Grand Canal. Le roi considéra les esquisses et les études, puis il releva la tête et observa longuement le paysage. Chacun retenait son souffle et attendait la réaction de sa majesté. Le Nôtre tentait de demeurer impassible mais il était sur le point de défaillir d'angoisse. Le roi allait-il accepter son idée grandiose ? Ou écarterait-il ce projet déraisonnable, pharaonique et exagérément dispendieux ? Ou, ce qui était plus probable, allait-il surseoir, prendre son temps, « Nous verrons, monsieur Le Nôtre... », et ainsi renvoyer le Premier jardinier à une période d'incertitude et d'anxiété ?

Le roi ne disait toujours rien. Il regardait alternativement le dessin déroulé sur la table et le paysage qui s'étendait devant lui. Soudain, il se tourna vers mon père. Il désigna de sa canne la pièce d'eau qui se trouvait au bas du Tapis vert, le bassin rond que son père, Louis XIII, avait fait creuser trente ans plus tôt et qui s'appelait avec modestie le « Rondeau ».

— Monsieur Le Brun, demanda-t-il, ne trouvez-vous pas que ce Rondeau, placé comme il va l'être, à l'entrée du Grand Canal, va désormais paraître un peu morne, un peu fade ?

Le Nôtre s'empourpra. Le roi avait parlé du Grand Canal comme d'une chose entendue. Le plus monumental de ses projets venait d'être accepté en quelques minutes. Il plongea dans un profond salut en balbutiant quelques mots parmi lesquels je ne pus identifier de façon certaine que le mot « Sire ». Mon père, qui souriait intérieurement du bonheur de son ami le jardinier, considéra le bassin suspect de fadeur à venir et répondit sans hésiter :

— Sire, c'est indéniable.

Le roi se tourna vers Le Nôtre :

— À quoi penseriez-vous, monsieur le Premier jardinier, pour remplacer cette pièce d'eau ?

— À une autre pièce d'eau, Sire, répondit Le Nôtre qui se remettait tout juste de son émotion. Une autre pièce d'eau d'une dimension proportionnée à celle du Grand Canal, donc deux fois plus grande que celle que nous voyons-là.

— Et de quelle forme ? Carrée ou rectangulaire, afin de faire pendant au canal ?

Le Nôtre observa un instant la perspective, plissant les yeux.

— Je ne crois pas, Sire... Cela créerait une raideur, un excès de lignes et d'angles droits.

— Rond ou ovale, alors ?

— Je crains, Sire, que nous ne tombions alors dans l'excès inverse. Que Votre Majesté me pardonne, mais le bassin et le canal, vus d'ici, ressembleraient à un point d'exclamation.

— Ah ! Voilà qui est difficile... Monsieur Le Brun, venez à notre aide ! Avez-vous une solution pour ce bassin ?

Mon père, pendant un instant, eut cet air de voir quelque chose qu'il serait le seul à apercevoir, ce regard pensif que je savais attraper au vol et qui annonçait chez lui la naissance d'une grande idée.

— Un octogone, Sire, dit enfin mon père. Ou plutôt... non ! Un rectangle quadrilobé afin que les arcs équilibrent les angles droits par leur douceur.

Et, sans façon, oubliant tout à fait les manières de cour, il se baissa, ramassa un petit bâton et traça sur le sol la figure qu'il venait de décrire. Le roi et André Le Nôtre se penchèrent pour regarder. Tous ceux qui se trouvaient assez près se haussèrent sur la pointe des pieds pour apercevoir le dessin que mon père avait tracé dans le sable. Le roi hocha la tête :

— Voilà qui me paraît fort bien pensé. Qu'en dites-vous, monsieur Le Nôtre ?

— Je crois, Sire, que monsieur le Premier peintre a trouvé exactement les lignes qui conviennent.

— Monsieur Le Brun, ajouta le roi, il faudra prévoir une statue pour orner cette pièce d'eau.

— En effet, Sire, répondit mon père.

— Un sujet un peu jeune, un peu caracolant... Avez-vous une idée ?

— Je crois que oui, Sire.

— Pouvez-vous la dire ou est-ce encore trop tôt ?

— Eh bien, Sire, il me semble que la situation de ce bassin impose le thème. Ce Grand Canal sera orienté d'est en ouest, c'est-à-dire qu'il suivra le trajet du soleil. Le nouveau bassin sera du côté du levant. C'est donc tout simple : la statue qui ornera ce bassin devra évoquer le soleil levant.

Le roi sourit. Comme un moment plus tôt, il avait senti que Le Nôtre bouillonnait d'un nouveau projet, il devinait que Le Brun avait déjà en tête une vision complète de cette pièce d'eau. Il demanda avec une ombre de malice, sûr d'obtenir une réponse :

— Et avez-vous un nom pour ce bassin ?

— Oui, Sire.

— Nous vous écoutons, monsieur Le Brun.

— Je crois, Sire, que votre Majesté pourrait appeler cette nouvelle pièce d'eau : le bassin d'Apollon*.

Le roi redressa le dos, appuya devant lui ses deux mains sur sa canne et contempla encore une fois le paysage où l'on venait de décider de creuser un immense canal et un vaste bassin. Il sourit. Ce nouveau projet le remplissait d'aise.

— Eh bien, conclut-il, cela sera le bassin d'Apollon.

---

* Apollon est le dieu du Soleil chez les Grecs anciens.

3. Le char d'Apollon

Le soir, pendant le souper, mon père, complètement ailleurs, traçait avec la pointe de son couteau des dessins invisibles sur la nappe. Je n'y tins plus :

— Père, dis-je, je sais que vous avez déjà trouvé toutes vos idées pour le nouveau bassin du roi alors, je vous en prie, dites-les-nous.

Ma mère, à qui j'avais raconté la promenade du roi dans tous ses détails, ajouta :

— Charles, depuis le début du souper, vous n'avez pas levé le nez de cette nappe. Vous ne voyez donc pas que Philibert est sur le point d'exploser et que moi, je me meurs de curiosité ?

Mon père leva les yeux et sourit :

— Pardonnez-moi, ma mie. C'est que, voyez-vous, dans ma tête, j'étais en train de dessiner ma statue.

— Est-ce que nous vous dérangeons dans votre recherche, mon ami ?

— Point du tout, ma mie, point du tout. Je crois avoir terminé... Philibert, va donc me chercher du papier et du fusain.

Je partis comme une flèche. Dessiner des statues que le sculpteur exécuterait par la suite était l'une des spécialités de mon père. Les statues, il les connaissait et il les aimait sans doute plus encore que les tableaux. Il était né parmi elles. Son père, mon grand-père, était plus sculpteur que peintre. Tout enfant, les statues étaient déjà les modèles de ses premiers dessins. À Rome, il s'en était gorgé. Plus tard, ce fut lui qui dessina celles du jardin de Nicolas Fouquet à Vaux, et tous les visiteurs de ce parc s'accordaient pour les trouver admirables.

Je revins en courant, apportant tout un rouleau de papier et des fusains plein la main. Ma mère avait ôté de la table les plats et les assiettes. Mon père, avec un petit canif qu'il avait toujours dans sa poche, coupa lentement et méthodiquement une grande feuille (moi, dans mon impatience, je l'aurais déchirée pour aller plus vite) et la disposa devant lui.

— Souvent, dit mon père, je songe à une composition et je trouve son nom par la suite. Il me semble même que le nom, c'est une formalité. Cette fois, c'est le contraire qui se passe. Le *bassin d'Apollon*... le nom fait naître tout le groupe.

Il traça à main levée ses traits de construction.

— Le soleil qui sort le matin derrière l'horizon de la mer, chez les Grecs et les Romains, c'est le char d'Apollon jaillissant des eaux... Je voudrais que ma statue soit bondissante, éblouissante, éclaboussante de lumière... Je vois le char solaire entraîné par quatre chevaux. Le dieu Apollon, c'est l'aurige*, il entraîne du geste les chevaux vers l'avant... La sortie de l'eau est l'impulsion du bond...

Et sous nos yeux, sur la feuille de papier posée sur la nappe de la salle à manger, le char d'Apollon naissait. Les chevaux, comme souvent chez mon père, semblaient plus voler que courir...

---

* Conducteur de char de l'Antiquité.

— Tu vois, Philibert, poursuivait mon père tout en continuant son esquisse, finalement, la seule chose importante, c'est le dessin. Plus je deviens vieux, plus j'en suis convaincu. La couleur, la peinture, nous y passons un temps fou, mais au fond, ce n'est que de l'enjolivure. Souvent, ça sert à masquer un dessin approximatif... La justesse du trait, tout est là... Ne répète pas dans l'atelier ce que je viens de dire, on le répéterait et l'on m'en voudrait. Ils sont tous très attachés à la peinture...

Ma mère et moi ne bougions pas, nous ne disions mot pour ne pas rompre le charme. Mon père en était à esquisser la silhouette du dieu :

— Apollon... Tout son corps indique le mouvement en avant... Mais le visage et l'expression du corps sont sereins. Calmes. Il s'agit du Soleil, tout puissant et immémorial, et non d'un jeune cocher excité par une vaine course de vitesse...

Soudain il s'arrêta et nous regarda ma mère et moi, inquiet :

— Vous ne dites rien. Ce dessin du char solaire, vous trouvez peut-être que c'est sans intérêt ?

Ma mère avait les larmes aux yeux.

— C'est miraculeux, répondit-elle.

Les jours qui suivirent, mon père s'occupa exclusivement du char d'Apollon. Il ne quittait pas sa table à dessin et le soir il oubliait d'aller se coucher. Tout à sa statue, il avait même presque oublié ses plafonds. Les peintres de notre atelier, abandonnés, venaient chaque jour le supplier de se rendre sur le chantier, au moins un court moment, afin de résoudre les problèmes en cours. Le plus souvent, il se faisait expliquer en quelques mots la difficulté rencontrée, donnait des instructions d'une voix bourrue et griffonnait sur une feuille de papier une silhouette, la position d'un bras ou d'une aile tels qu'il les voulait sur ses plafonds. Puis il renvoyait sans ménagement ses peintres au travail et, enfin tranquille, il reprenait son charmant tête-à-tête avec le dieu Apollon. Mais, parfois, il ne put échapper à son chantier. On vint lui dire que les peintres avaient posé leurs pinceaux et refusaient de continuer sans lui la décoration de l'appartement du roi.

— C'est insupportable ! C'est une révolte, une véritable fronde... se plaignit-il en quittant sa table.

Mais, dès qu'il se retrouva sous ses chers plafonds, sa mauvaise humeur tomba. Il reprit ses pinceaux et demeura sur les échafaudages du salon de Diane jusqu'à la nuit. C'est moi qui vins le chercher, envoyé par ma mère pour lui rappeler qu'il était l'heure de rentrer à la maison. Je le trouvai seul dans l'appartement plongé dans la pénombre. Quand la lumière du jour avait commencé à décliner, les autres peintres étaient partis. Mon père avait promis de les suivre. « Je termine seulement une ou deux petites choses... » avait-il dit, mais, deux heures plus tard, il était toujours sur son échafaudage, peignant à la lueur de trois lanternes. Il m'entendit arriver à travers les pièces désertes. Il ne manifesta aucune surprise. Je suppose qu'il ne se doutait pas de l'heure et qu'il n'avait pas remarqué que, si j'étais bien arrivé avec lui, j'étais ensuite allé me promener durant tout l'après-midi.

— C'est toi, Philibert ? demanda-t-il du haut de son échafaudage, sans tourner le regard vers moi afin de ne pas interrompre sa peinture.

— Oui, père.

Il médita un instant, puis commença une phrase :

— Philibert... dit-il.

— Oui, père ?

— Philibert, sais-tu ce qu'il y a d'extraordinaire avec les plafonds ?

— Non, père.

— C'est que les personnages y sont libérés de l'incommodité d'avoir un poids. Ils évoluent comme des anges, des oiseaux ou des poissons. On ne sait trop s'ils volent ou s'ils nagent... Les nuages sont parfois des éléments solides sur lesquels on peut s'appuyer, parfois des structures impalpables... Le peintre est libéré des règles rigides de la statique. Les personnages ne sont plus obligés de reposer bêtement sur leurs pieds, leur poids réparti de façon égale entre la droite et la gauche... Les plafonds, Philibert, permettent toutes les postures, toutes les libertés et tous les envols...

Ça, c'était mon père. Il ne savait rien faire à moitié.

Trois semaines plus tard, le dessin de la statue était terminé. Ou plutôt six dessins des treize personnages du groupe, vus sous des angles différents. Le char, le dieu, les quatre chevaux, quatre poissons et quatre tritons* accompagnant Apollon dans son bond vers l'avant jaillissaient hors des eaux. Ils n'étaient que mouvement, élan, essor. Pour tenter d'anticiper l'effet final, mon père avait même réalisé quelques études sur lesquelles il avait dessiné les jets d'eau en marche. Je crois qu'il n'avait jamais rien imaginé d'aussi beau.

— Les statues seront-elles en bronze, père ? demandai-je.

— Mais non, voyons, elles représentent le soleil ! Elles doivent être étincelantes. Elles seront de plomb et on les passera à l'or.

— Avez-vous choisi le sculpteur ?

— Ce sera Tubi.

Avant d'avoir posé la question, j'étais presque sûr de la réponse. Paris ne manquait pas de sculpteurs de talent, surtout dans ces années où les grands seigneurs et tous les gens fortunés se faisaient la guerre à qui aurait le plus beau jardin. Toute une population de statues, de fontaines, d'urnes et de vasques prenait possession des pelouses et des allées. Mais mon père aimait le petit Italien Tubi plus

* Créature fantastique ayant un torse d'homme et une queue de poisson.

que les autres sculpteurs. Et je pensais savoir pourquoi. Parce que les statues de Tubi possédaient un mouvement, une joie de vivre et une sorte de malice que n'avaient pas les autres. Et parce que Jean-Baptiste Tubi était drôle et gai. Parce que quand Tubi parlait, il employait des mots italiens si les mots français venaient à lui manquer. Et parce que tout chez Tubi lui rappelait Rome.

Mon père me permit de l'accompagner le jour où il se rendit à Paris pour exposer à Tubi ses dessins terminés.

— C'est magnifique, magnifique, *bellissimo*... dit Jean-Baptiste en hochant la tête après avoir contemplé en silence les dessins du char d'Apollon. *Tou* es *crouel*, Charles, *dé mé* montrer cette *statoue* quand *tou* sais que *jé né* peux pas la faire... Ah, tiens ! j'enrage quand *jé* pense qu'un autre *qué* moi va *té lé* faire, cet *Apollo*...

Mon père ouvrit des yeux ronds :

— Comment ça, tu ne veux pas sculpter ce char ? Tu ne peux pas me faire ça. J'ai pensé à toi à chaque instant pendant que je dessinais.

— *Jé* n'ai pas dit que *jé né* voulais pas. Au

contraire. Mais regarde autour de toi, *jé lé* mets où, ton char d'*Apollo* ?

Le regard de mon père décrivit un cercle :

— Ah ! oui, en effet... convint-il.

L'atelier de Jean-Baptiste Tubi était petit et complètement empli de statues commencées. On pouvait tout juste y circuler, et encore, souvent en se glissant de côté. Mon père, en arrivant, l'esprit occupé de son projet, n'y avait pas pris garde, mais moi, à peine entré, je m'étais demandé où Jean-Baptiste allait bien pouvoir caser nos chevaux. En rangeant tout méthodiquement, on pouvait à la rigueur placer un de nos poissons.

— Ah ! oui, en effet... répéta mon père qui cherchait en vain un peu d'espace libre.

Il conclut :

— Bon, eh bien, en quelque sorte, c'est de la place qu'il te faut.

Tubi et moi, nous nous mîmes à rire :

— En *quelqué* sorte. On peut dire ça comme ça, oui.

— Je vais t'en trouver, de la place. À Versailles, il doit y avoir tout ce qu'il faut.

— À Versailles, bien *sour*... Mais j'ai du travail en route, moi, à Paris. J'ai tout ça à finir.

Il désigna les statues inachevées qui peuplaient son atelier.

— *Jé* vais passer un temps fou *sour* la route entre Paris et Versailles. Ça en fait des heures *perdoues* pour le travail.

— Bien entendu, bien entendu... dit mon père qui, lui non plus, ne craignait rien autant que les heures « *perdoues* pour le travail ». Eh bien, aux Gobelins*, alors ! Ce n'est pas trop loin, je crois ? Dix minutes de chez toi... Nous allons déménager le grand atelier pour y mettre le char d'Apollon. Les tapissiers vont être un peu mécontents, mais tant pis... Tu crois que tu auras assez de hauteur sous plafond pour faire nos chevaux ?

Le visage de Jean-Baptiste se détendit :

— *Tou* es un ange, Charles. Si *tou* avais donné ce char à un autre *qué* moi, j'en *sérais* tombé malade.

Il me donna une amicale tape sur l'épaule :

— Eh toi, *Philiberto*, *figlio mio*** ! *tou* as grandi...

---

* La manufacture royale de tapisseries des Gobelins, située à Paris, au bord de la Bièvre. Louis XIV en avait nommé Charles Le Brun directeur.

** « Philibert, mon fils », expression affectueuse équivalent à « mon garçon ».

Par jeu, il appuya ses deux mains sur mes épaules et pesa pour me faire plier. Je me raidis de toutes mes forces. Il insista. Je résistai. Ce fut lui qui renonça. Cette lutte nous fit rire tous deux.

— C'est que *tou* deviens fort pour de bon... On ne pourra bientôt plus jouer à ça ou c'est toi qui vas *mé* faire asseoir par terre... *Tou* commences bientôt à peindre, toi aussi ?

Je souris.

— Bientôt, répondis-je sans précision superflue.

Mon père, qui s'était éloigné de quelques pas pour observer sous le nez deux statues d'enfants représentant Amour et Psyché, ne nous écoutait pas.

— *Tou* as raison, va, *tou* as raison, fils... dit Tubi qui avait bien deviné le fond de ma pensée. Il faut que *lé* désir, il vienne *dé loui*-même. *Régarde lé* monde, *régarde* ton père dessiner, emplis ta tête d'images... À ton âge, les images, c'est comme des cadeaux du Ciel, elles restent dans la cervelle pour toute la vie... Après, la mémoire devient paresseuse, on voit des images, on croit qu'on s'en souvient, mais, *pesta* ! elles *né* veulent *plous* sortir toutes seules des doigts.

Comme nous remontions en voiture pour retourner à Versailles, je demandai :

— Et maintenant ?

— Maintenant, quoi ? répondit mon père.

— Maintenant, que faisons-nous ?

— Nous retournons à nos plafonds.

— Va-t-on bientôt commencer à creuser le nouveau bassin ?

— Non. On prend patience. Il faut laisser Tubi travailler en paix. Et puis ensuite les fondeurs. Tout cela ne se fera pas en quelques jours. Le bassin et Apollon doivent former un ensemble. On ne peut pas présenter au roi l'un sans l'autre. Nous commencerons à creuser quand la statue sera bientôt prête.

4. Les vingt-neuf jours de Babylone

Pour le char d'Apollon, tout le monde travailla avec une rapidité merveilleuse. Bien à l'aise dans son atelier des Gobelins, il ne fallut que quatorze mois à Tubi pour venir à bout des treize personnages du groupe. On les transporta avec un soin infini à la fonderie et en moins de cinq mois, les frères Keller, les fondeurs, réalisèrent les modèles en plomb. On les amena un par un à Versailles. Mon père avait fait vider et balayer pour eux jusqu'au dernier grain de poussière, une grande remise située derrière l'écurie des carrosses. Tubi envoya ses meilleurs garçons pour achever la dernière étape, c'est-à-dire la dorure. Tout cela nous amena au printemps de 1670.

En avril, le roi s'en alla avec la Cour pour un séjour d'un mois dans son château de Fontainebleau. Apollon, les chevaux, les poissons et les tritons étaient maintenant entièrement dorés. Mon père et Le Nôtre décidèrent de creuser le nouveau bassin pendant ces trente jours afin d'en faire la surprise au roi à son retour. Louis XIV adorait les surprises. En général, celles qu'on lui préparait n'en étaient pas vraiment car il y avait toujours des indiscrets dans son entourage ; en outre, il se faisait tenir au courant de tout ce qui se passait chez lui. Mais il jouait toujours merveilleusement l'homme étonné et les surprises, vraies ou fausses, qu'on lui ménageait donnaient toujours lieu à des fêtes très réussies.

Trente jours ! Cela pouvait suffire pour mettre en place le bassin d'Apollon si l'on travaillait comme des bœufs et si l'on ne commettait pas d'erreur.

Le Grand Canal était alors bien avancé. On en était à poser les pierres des berges. On pourrait bientôt le remplir. Les ouvriers abandonnèrent le chantier du Grand Canal et toute la main-d'œuvre disponible sur le parc de

Versailles se consacra au bassin d'Apollon. Pendant un mois, l'endroit ressembla à une fourmilière. On vida et on démonta le vieux Rondeau, ce fut un travail facile qui ne prit que deux jours. Puis on traça le grand rectangle quadrilobé imaginé par mon père. Cette figure qui paraissait simple sur le papier se révéla très malaisée à dessiner sur le sol de façon parfaite et symétrique. Les arcs avaient une tendance perverse à être toujours bossus d'un côté. Il fallait de plus que le bassin d'Apollon soit exactement aligné avec le Grand Canal, ce qui n'avait rien d'évident sur une perspective qui mesurait près de mille toises* de longueur. En même temps qu'on traçait, on creusait. Le délai était si court qu'on commençait à travailler au point du jour et qu'on finissait souvent après la tombée de la nuit. J'étais si passionné par la construction de cette pièce d'eau que je passai près de dix journées la pelle à la main. Vite ! Plus vite ! On avait à peine terminé l'excavation que les tailleurs de pierres et les maçons commencèrent le dallage

* La toise, ancienne mesure de longueur, valait six pieds, soit deux mètres environ. Ici, mille toises représentent deux kilomètres environ.

du fond et la pose des pierres des berges. Le fond était tout juste en place quand Tubi et mon père firent apporter Apollon, les chevaux, les tritons et les poissons. En même temps, les fontainiers installaient leurs canalisations et branchaient les jets d'eau.

Personne ne devait voir le bassin d'Apollon avant le roi. On enferma la pièce d'eau derrière de grandes toiles montées sur des échafaudages qui faisaient comme un paravent géant.

— Pourvu qu'il n'y ait pas de vent... dit mon père, soucieux, en contemplant notre instable édifice de toile.

La chance était avec nous. Les journées et les nuits furent calmes. Aucune bourrasque ne vint renverser notre mur de tissu.

Trois jours seulement avant le retour du roi, nous avons enfin pu emplir la pièce d'eau. Elle était superbe, parfaite, magnifique. L'eau était limpide, la pierre blanche et neuve, le dieu irradiait, mais nous étions tous si harassés par ces vingt-huit jours de travail babylonien que plus aucun de nous ne parvenait à avoir un regard d'ensemble sur l'œuvre. Nous ne nous attachions plus qu'aux détails. L'un des chevaux était trop immergé, il fallait le remonter par des cales... Certaines pierres étaient mal jointes, cela se voyait, on ne voyait même que ça ! Il fallait reprendre le joint...

Je m'étonnais de cet état d'esprit et j'en fis la remarque à mon père.

— C'est toujours comme cela, me répondit-il. Quand on termine un travail, surtout dans la hâte, on devient incapable de recul. On ne sait plus distinguer ce qui est bon, ni surtout ce qui est mauvais. Et c'est à ce moment-là qu'il faut rendre l'œuvre. Alors, tant pis ! on la rend quand même. Quelques semaines plus tard, on retrouve la faculté de la voir, et les défauts et les erreurs qui nous ont échappé nous sautent alors aux yeux. Mais il y a aussi certaines petites choses qu'on suspectait de n'être pas trop laides. Eh bien, avec le temps, il se confirme qu'elles n'étaient pas si mal venues et on a du plaisir à les regarder...

Il ne restait plus qu'une journée pour régler les jets d'eau. Le roi aimait tout spécialement les jeux d'eau, les fontaines et les cascades. Il avait décidé que Versailles en possèderait plus que le jardin de la Villa d'Este, en Italie, célèbre pour ses cinq cents fontaines.

Pour le bassin d'Apollon, Le Nôtre et les fontainiers n'avaient pas été chiches. D'énormes canalisations alimentaient trois grands jets d'eau verticaux et seize jets obliques plus petits qui entouraient le char du dieu-soleil comme une couronne. Un raffinement prévu par mon père et Tubi faisait jaillir l'eau de la bouche même des poissons et des conques dans lesquelles soufflaient les tritons.

On ouvrit les vannes pour la première fois. L'eau bondit. Le spectacle était éblouissant.

— C'est bien, approuva Le Nôtre après avoir observé un moment en silence.

— C'est effrayant, dit le maître-fontainier qui se trouvait à son côté.

Le Nôtre fronça les sourcils :

— Que voulez-vous dire ? Qu'est-ce qui est effrayant ?

— La quantité d'eau que cette nouvelle statue consomme, monsieur Le Nôtre. Elle est considérable. Où vais-je trouver toute cette eau, moi ?

Mon père inclina la tête sur le côté :

— Cela est vrai, on ne peut pas le nier : cette fontaine consomme un peu d'eau... Mais, elle est belle... Et, placée comme elle l'est, juste en face de l'appartement du roi, au centre de la grande perspective, on ne pouvait tout de même pas faire moins... Peut-être pourrait-on l'arrêter pendant la nuit ou quand le roi sera absent ?

— Bien entendu, il faut l'arrêter la nuit et quand le roi sera absent, répondit le fontainier ; cette goulue est capable de me mettre tout Versailles à sec en deux jours.

À cet instant, on nous fit de grands signes du haut de la terrasse : les carrosses du roi et de la Cour étaient annoncés. Ils entraient dans la ville. Ils seraient au château dans quelques minutes. Mon père, Tubi, Le Nôtre et le fontainier se sourirent. Nous avions réussi : le bassin d'Apollon avait été terminé avant le retour du roi.

On arrêta les jets d'eau et on remit en place les écrans de toile. J'eus alors l'idée, que mon père trouva excellente comme la plupart de mes idées, d'installer des roues sous les morceaux du paravent, afin de pouvoir les faire glisser sur les côtés à la dernière minute, comme on ouvre le rideau au théâtre. La surprise en serait plus jolie. Au cours de la soirée, les panneaux furent montés sur des chariots.

Pour que la fête soit complète, nous allâmes demander à Lulli s'il voulait bien faire jouer ses musiciens le lendemain pour la mise en route de notre pièce d'eau. Cela tombait à merveille, il venait de faire répéter un morceau enjoué qui conviendrait tout à fait. Les grandes eaux et la musique vont très bien ensemble.

Le lendemain, mon père, Le Nôtre, Lulli et Tubi se rendirent au château-vieux pour le Lever du roi. Avec les Secondes Entrées, ils pénétrèrent dans l'auguste chambre à coucher. Le roi qui les guettait les aperçut dans la cohue et se pencha à l'oreille du Premier gentilhomme pour demander qu'on aide MM. Le Brun et Le Nôtre à gagner le premier rang des visiteurs. Le roi aimait décidément Versailles plus que ses autres résidences ; il était content d'être là et le montrait. Il adressa d'abord la parole au Premier jardinier :

— Venez, monsieur Le Nôtre ! J'ai aperçu notre Grand Canal...

Ce « notre » était une gentillesse charmante puisqu'il attribuait une égale paternité de l'œuvre au Roi-Soleil et à son jardinier. Le Nôtre, timide et émotif, s'empourpra devant un tel honneur et, ne sachant que dire, ni que faire, se tira d'affaire en plongeant dans une profonde révérence. Le roi poursuivit :

— Je vous félicite pour votre diligence. Pourrons-nous bientôt le mettre sous eau ?

— Dans quatre ou cinq semaines, Sire.

Quelques jours plus tôt, André Le Nôtre prévoyait encore de terminer le Grand Canal en automne et, à cette question, il aurait alors répondu : « Dans quatre ou cinq mois, Sire. » Mais nous venions de réaliser entièrement le bassin d'Apollon en vingt-neuf jours, on pouvait bien se hâter un peu pour le Grand Canal. Et les compliments du Roi-Soleil avaient le pouvoir de décupler la puissance de travail des gens qui œuvraient pour lui. Encouragé par des paroles aussi agréables que celles qu'il venait d'entendre, notre ami André se sentait assez d'énergie pour bâtir une pyramide d'Égypte garnie d'une douzaine de sphinx pendant l'été dans le parc de Versailles si le roi en émettait le vœu... Terminer le Grand Canal en quelques semaines représentait un tour de force mais Louis XIV ne manifesta pas de surprise ni d'admiration démesurée. Soit il ne mesurait pas l'étendue des travaux encore à faire. Soit, ce qui était plus probable, il la mesurait fort bien mais il lui semblait naturel qu'on accomplît des tours de force pour le servir. Il remarqua seulement :

— Quatre ou cinq semaines ? J'en suis ravi. Savez-vous, monsieur Le Nôtre, que j'ai demandé qu'on amène de Marseille des vaisseaux et des chaloupes pour les faire naviguer sur notre canal ?

Le Nôtre salua :

— C'est une idée tout à fait amusante, Sire.

— J'ai aussi songé à des gondoles qu'on pourrait faire venir de Venise...

— Cela sera certainement très pittoresque, Sire.

Le roi s'interrompit car on déposait devant lui la table qui portait son bouillon, son pain et son verre de vin. Il se tourna vers mon père. Il arbora soudain un visage mécontent qui ne trompa personne car ses yeux riaient de malice et tout le monde avait bien compris qu'il était ce matin-là d'une humeur des plus agréables.

— Eh bien, monsieur Le Brun, le Grand Canal est sur le point d'être achevé ; aurons-nous encore longtemps sous les yeux ce vieux Rondeau ?

Mon père salua jusqu'à terre :

— Sire, dit-il, le bassin d'Apollon est terminé.

Bien entendu, le roi n'était pas surpris le moins du monde. D'abord, depuis ses fenêtres, on ne voyait que notre paravent et il n'avait pas pu manquer de l'apercevoir. Ensuite, pendant son séjour à Fontainebleau, il avait dû se faire tenir au courant chaque jour de l'avancée de nos travaux — qui avaient tout de même constitué un phénoménal remue-ménage. Et, sans doute, comme il aimait à le faire, il était déjà allé se rendre compte par lui-même. À la pointe du jour, il s'était sûrement glissé de l'autre côté de notre palissade de toile. Il prit toutefois merveilleusement l'air d'un homme étonné :

— Vraiment ? Quelle promptitude ! J'en suis charmé... Quand pourrai-je voir ce bassin d'Apollon ?

Mon père s'inclina à nouveau :

— Sire, je propose à Votre Majesté le moment du coucher du soleil.

— Fort bien, monsieur Le Brun. Voilà qui est convenu. Je viendrai au coucher du soleil.

Quand le Lever fut terminé, c'est-à-dire quand Sa Majesté eut mangé, parlé à tous ceux à qui elle souhaitait adresser la parole, donné ses ordres, fut entièrement vêtue, eut revêtu sa perruque aussi imposante qu'un monument et donné congé à tout le monde pour aller rejoindre ses ministres au Conseil, mon père s'échappa et vint me retrouver à la petite porte donnant sur le parc où je l'attendais.

Quelques minutes plus tard, nous descendions tous deux, en courant presque, l'allée Royale et le Tapis vert.

— Tu comprends, Philibert, me disait mon père, pour notre pièce d'eau, il faut de la lumière, toujours plus de lumière...

L'aimable comédie de la surprise avait été jouée dans toutes les règles de l'art. Mon père en était aussi joyeux et allègre qu'on peut l'être.

— Le soleil couchant, continuait-il, va se trouver juste derrière le char d'Apollon. Il éclairera l'eau des fontaines. L'or du soir fera étinceler l'or de la statue. Le ciel va colorer l'eau du bassin en rose et pourpre. Cela sera sublime...

Il leva vers le ciel un regard soudain suspicieux et par avance rancunier :

— Si toutefois des nuages ne viennent pas tout gâter...

Je levai aussi la tête et observai le zénith et les quatre points cardinaux avec une attention que j'avais rarement apportée aux couleurs du temps, même aux matins de mes plus lointaines expéditions personnelles. Le soleil était maintenant sorti au-dessus des arbres. Le ciel était déjà bleu, parsemé de nuages blancs qu'une brise tranquille emmenait. Le vent, très léger, venait de l'ouest ; il ridait juste l'eau du bassin et berçait à peine les hautes branches des arbres. Du côté de l'ouest, les nuages étaient plus clairsemés. Je rendis ma conclusion :

— Ce ne sont que des nuages du matin, père. À midi, ils seront dispersés. L'après-midi sera beau.

Mon père accepta mon oracle avec une confiance admirable.

— Ah, comme c'est bien ! dit-il. Alors, au travail, Philibert ! Nous avons tout à arranger pour cette fête. Cela ne va pas se faire tout seul.

5. Un trop beau temps

Pour les nuages, il se confirma que j'avais raison et que nous n'avions rien à craindre de ce côté-là. À midi, le ciel était entièrement bleu. Nos préparatifs avançaient bien. Les abords du bassin d'Apollon avaient été nettoyés de tout souvenir des journées de travail qui venaient de s'achever. On les avait nivelés, ratissés et recouverts de sable fin. Tubi s'était mis à l'eau jusqu'à la ceinture, et même un peu plus haut car il n'était pas très grand, pour aller vérifier sur place que, pendant la nuit, rien n'avait bougé de ses statues bien-aimées. On avait fait jouer les eaux quelques minutes pour s'assurer qu'elles étaient réglées à la perfection. Elles l'étaient. On avait graissé les chariots qui portaient les morceaux du rideau. Il s'ouvrait sans bruit et facilement. Lulli était venu décider de l'emplacement de ses musiciens. Il avait fait apporter leurs chaises qu'on avait déjà disposées. Tout était prêt.

Un moment plus tard, mon père, Tubi, Le Nôtre et Lulli quittèrent le bassin pour aller dîner et revêtir leurs toilettes de cérémonie. Tubi et mon père partirent ensemble ; pendant ces journées, Tubi habitait chez nous. Ils me confièrent, presque solennellement, la garde de la pièce d'eau pendant leur absence. J'acceptai cette tâche comme une chose naturelle mais je me sentis profondément ému par cette marque de confiance. J'avais travaillé avec tant de passion pendant les trente jours de la construction du bassin que ces quatre hommes, ces quatre grands artistes, avaient l'air de trouver tout simple de me confier, comme à l'un des leurs, l'œuvre commune. Il était vrai qu'il ne pouvait pas se passer grand-chose pendant les deux heures qui arrivaient ; le bassin n'allait pas subitement se fendre en deux et se vider de toute son eau... Je leur souhaitai bon appétit et leur promis de veiller sur notre pièce d'eau comme Cerbère soi-même.

Quand ils furent partis, je m'occupai de chercher la meilleure place possible pour ma mère. Elle se faisait d'avance une joie de cette mise en route des eaux du bassin d'Apollon et je savais que, pour être prête à tout moment, elle avait déjà cousu depuis plusieurs jours sur sa plus jolie robe de nouvelles dentelles d'Angleterre. Je voulais qu'elle fût placée de façon à voir sous le meilleur angle la statue imaginée par mon père. Mais, n'étant pas noble dame, il était indispensable qu'elle demeure un peu en retrait. Il ne fallait pas que sa présence trop proche offusque une princesse, une duchesse ou n'importe quelle dame née* qui se trouverait être d'humeur grincheuse. Ce n'était pas que Mme Le Brun n'avait pas le droit de venir voir l'œuvre de son mari, point du tout, on ne vivait pas en tyrannie. Il fallait seulement qu'elle se place à la juste distance, celle qui convenait à son rang. Dans une compagnie, il devait y avoir un certain nombre de pas entre une comtesse et une bourgeoise. Qu'on respecte scrupuleusement ce nombre de pas et

* « Née » signifie ici « née dans la noblesse ».

tout le monde (surtout la comtesse) était parfaitement content. Tout, du reste, dans la vie de ces gens de qualité était une question de juste distance à déterminer. Ils passaient leur temps, ils dépensaient leur énergie et leur intelligence à réfléchir à ces problèmes de rang et de préséance ; qui avait le pas sur qui... ; qui se plaçait plus près du roi ou de la reine que qui... Et quand il leur semblait qu'on n'avait pas respecté l'un de ces droits symboliques qui leur étaient dus, ils s'en trouvaient bouleversés. Il me semblait que la façon de vivre paisible et laborieuse de mes parents et de leurs amis était beaucoup plus raisonnable.

Je pensais avoir choisi l'endroit parfait, sur la gauche du bassin quand on regardait vers le Grand Canal. Le char d'Apollon, vu de trois quarts, était superbe et ma mère ne serait pas gênée par le contre-jour. Je songeai même avec satisfaction qu'elle aurait une plus belle vue de l'ensemble que les princesses et qu'elle serait mieux placée pour entendre la musique... Je fus tiré de mes méditations par le galop d'un cheval. Un page du roi envoyé par le Premier gentilhomme apportait un message pour M. Le Brun. Le Premier gentilhomme faisait avertir M. Le Brun que Sa Majesté, tentée par le beau temps, avait changé l'emploi du temps de sa journée. Sa Majesté était partie chasser dans la forêt de Bois-d'Arcy. Toutefois, elle reviendrait assez tôt pour venir admirer, comme convenu, la nouvelle pièce d'eau au coucher du soleil.

Je saluai le jeune homme. Je l'assurai que j'étais Philibert Le Brun, le fils de M. Le Brun et que je transmettrais le message à mon père dès son retour. Satisfait, le page piqua des éperons et repartit au galop sans même s'apercevoir que son cheval labourait l'esplanade que nous avions si bien lissée et ratissée le matin et qu'il faudrait recommencer ce travail derrière lui. Un jeune homme de la noblesse, et par-dessus tout un page du roi, ne s'occupait jamais de ce genre de détail.

Mon père et Tubi revinrent les premiers. Mon père avait revêtu son plus bel habit, d'un bleu d'outremer soutaché de rubans bleus. Tubi, qui avait le goût des très beaux tissus, portait un habit couleur terre de Sienne, brodé sur toute la hauteur de longues fleurs de soie crème et cerise. Tous deux avaient coiffé de hautes perruques frisées à grappes sur le modèle de celle du roi. Ils étaient très beaux mais, n'ayant guère l'habitude de la grande perruque, ils se tenaient excessivement droits, le cou et les épaules raides comme des bâtons.

Je les informai que le roi était parti chasser à Bois-d'Arcy mais reviendrait avant le coucher du soleil. Cette nouvelle rendit mon père soucieux.

— Pourvu qu'il rentre à temps... dit-il seulement.

Allons, bon ! Je n'avais pas songé à cela... Je tentai de le rassurer : il était à peine deux heures et Bois-d'Arcy n'était pas loin... Mon père secoua la tête avec inquiétude :

— Le temps est trop beau. La chasse est la seule chose qui puisse faire manquer un rendez-vous au roi. Quand il court un cerf ou un beau chevreuil, il oublie tout. Si la chasse est bonne, il ne pensera plus à notre bassin, ou du moins il ne s'en souviendra qu'après avoir pris son gibier. Si le soleil est déjà couché, tout l'effet sera manqué. L'eau sera grise, la statue sera terne, le bassin d'Apollon aura l'air ordinaire...

Il m'apparut soudain que mon père avait raison. Louis XIV, toujours si exact, toujours si pointilleux sur les heures qu'il fixait, n'était jamais en retard sauf, parfois, quand il laissait passer l'heure à la chasse. La chasse était par tradition la passion des rois de France et notre roi était un homme d'extérieur. On ne le voyait jamais si heureux qu'à pied dans ses jardins ou à cheval dans ses forêts. La chasse du roi ne constituait pas seulement un divertissement, elle avait quelque chose de sacré — c'était un rite liant le roi d'aujourd'hui aux rois d'autrefois. La chasse était une sorte de cérémonie païenne qui nous ramenait au temps des premiers rois Francs, le temps où la France était entièrement couverte de forêts. On n'interrompait pas une chasse, on la finissait. Le danger qui nous menaçait était réel. Si le roi revenait après le coucher du soleil, la pièce d'eau d'Apollon ne serait plus l'œuvre vivante, triomphante et éclaboussante de lumière qu'avait voulue mon père mais un banal bassin — un peu plus grand que les autres, soit — avec quatre bourrins dorés plantés au milieu.

Si ce soir le roi ne faisait pas de commentaire favorable, ou pis, s'il était déçu et le laissait entendre, tous les courtisans persifleurs épris de médisance et tous les artistes jaloux annonceraient partout que ces pauvres Le Brun et Le Nôtre avaient complètement manqué leur bassin d'Apollon. « Une construction très quelconque... Un enchevêtrement de chevaux assez bizarre... Une extravagance... On se demande ce qui leur a passé par la tête... Sa Majesté a été très désappointée... » Pour mon père, André Le Nôtre et Tubi, ce serait un drame affreux. Ils étaient capables d'en tomber malades de chagrin.

Le Nôtre arriva à son tour, vêtu d'un habit de fête vert (la couleur parfaite pour un jardinier) et coiffé comme ses deux compagnons d'une perruque neuve. Il fut aussitôt mis au courant de la partie de chasse imprévue de Sa Majesté. Lui aussi connaissait bien son Louis XIV et il conçut la même inquiétude que mon père :

— Et dire qu'en descendant l'allée je me réjouissais du soleil... Sot que j'étais ! C'est justement ce trop beau temps qui va tout gâter.

Je me permis d'intervenir. Je cherchai quelques idées réconfortantes :

— Le roi est le plus exact des hommes (sauf justement quand la chasse était belle mais je me gardai de revenir sur ce point), Bois-d'Arcy n'est pas loin et nous ne sommes qu'au début de l'après-midi, alors pourquoi se faire du mauvais sang par avance pour un retard qui n'aura peut-être pas lieu ? Et pourquoi le roi n'aimerait-il pas cette pièce d'eau ? Ne m'avez-vous pas dit ce matin, père, que Sa Majesté était de belle humeur ?

Mon père et ses amis se regardèrent :

— Il a raison, *cé* garçon, dit Tubi. Il a *plous dé* cervelle *qué* nous trois mis en tas. Ça *né* sert à rien de nous *couire* comme saint Laurent *sour* son gril à deux heures *dé* l'après-midi. Il sera toujours temps *cé* soir.

— En effet, dit Le Nôtre.

Mais je remarquai que c'était sans grande conviction.

Mon père ne dit rien mais il passa lentement ses doigts écartés comme un râteau sur son front et dans ses cheveux. C'était un geste qu'il faisait quand il était anxieux et qui n'avait en général pas de conséquences mais, là, il avait oublié qu'il portait une perruque et la mit tout de travers. Tubi n'était que nerfs et sensibilité. Si le roi, ou n'importe quelle autre personne d'ailleurs, n'aimait pas sa statue, il en éprouverait une douleur sans pareille. Le Nôtre s'était éloigné de quelques pas. Pour tromper son inquiétude par le travail, il faisait le tour des derniers préparatifs. Je l'entendis rabrouer violemment un aide-jardinier pour une minuscule négligence. Je vis que celui-ci — c'était un garçon de mon âge — avait les larmes aux yeux. Fallait-il que notre ami Le Nôtre, toujours si calme et si indulgent, soit tendu.

Ma décision fut prise en un instant : j'irais à Bois-d'Arcy. Tout de suite. Voir de mes yeux où en était la chasse du roi et rapporter des nouvelles précises à mon père et à ses amis. Il n'était pas possible de laisser ces trois anxieux, épuisés par le mois de travail que nous venions d'accomplir, dans cette incertitude. Comme je l'avais dit un instant plus tôt, la forêt de Bois-d'Arcy n'était pas loin. Je connaissais le chemin pour y aller. Un temps de galop de Gaston, le cheval de mon père, m'y mènerait. J'avais passé l'âge où Trianon me paraissait le bout du monde. Mes promenades m'emmenaient maintenant bien loin au-delà des limites du parc de Versailles.

J'avais quelques amis parmi les écuyers du roi. Quand j'aurais retrouvé la chasse, ils sauraient bien me dire si elle semblait vouloir finir de bonne heure ou durer jusqu'à la nuit. Et puis, il y avait les dames. Certaines dames de la Cour étaient des chasseresses passionnées et galopaient plus vite que les hommes.

D'autres, d'humeur pacifique et bavarde, suivaient la chasse en voiture pour le plaisir de la promenade. J'avais aussi des amies parmi les dames de la Cour. Les femmes, en général, appréciaient la peinture de mon père, si charmante et si imaginative. Il avait plutôt plus d'admiratrices que d'admirateurs. Et, par ricochet, certaines m'aimaient bien, moi aussi. Comme ma maman, elles me trouvaient mignon. J'en trouverais peut-être une, au rendez-vous de la chasse, assez gentille pour prêter une oreille compatissante au récit des malheurs de M. Le Brun... L'étiquette interdisait de faire des remarques au roi mais il n'était pas bien difficile de dire haut à sa voisine, tout à fait par hasard au moment où Sa Majesté se trouvait à portée d'oreille : « Comme je me réjouis de voir tout à l'heure ce nouveau bassin d'Apollon, figurez-vous qu'on en dit merveille ! » Les remarques faussement improvisées des dames étaient d'ailleurs l'un des meilleurs moyens, connu de tout le monde, pour faire passer des messages au roi.

Je m'approchai de mon père et lui demandai bas :

— Père, me permettez-vous de rentrer à la maison pour dîner ?

Il sembla tomber des nues :

— Mon pauvre garçon ! Moi qui oubliais que tu n'as rien mangé depuis ce matin... Père sans entrailles que je suis ! Bien entendu, file vite à la maison. Ta mère m'a justement dit tout à l'heure qu'elle te gardait ton dîner au chaud... Et il y avait une autre chose que je devais te dire... Qu'était-ce, déjà ? Ah, oui ! je me souviens, ton chapeau ! Tu dois garder ton chapeau quand tu es au soleil.

Parmi les diverses maladies qui menaçaient le genre humain en général et moi en particulier, ma mère redoutait la fièvre cérébrale. S'exposer au soleil la tête nue donnait la fièvre cérébrale. De la façon dont elle en parlait, c'était très grave. La personne était prise d'effrayants maux de tête, une fièvre ardente se déclarait, et elle mourait en quelques jours sans plus reconnaître quiconque. J'avais donc passé tous les étés de mon enfance la tête dûment protégée de cette calamité par un chapeau. Depuis une ou deux années, mes vagabondages de plus en plus lointains avaient été cause que j'avais bien souvent renoncé à ce chapeau qui m'embarrassait. Je n'en avais jamais ressenti de désagrément. Même pas la plus petite migraine. Je ne me serais pas permis de mettre en doute la science médicale de ma mère, certes non ; j'avais seulement conclu que mon cerveau n'avait pas une nature à s'enfiévrer.

Et justement, à ce moment-là, je l'avais égaré, ce chapeau. Je le retrouvai, oublié sur une chaise installée pour les musiciens. Pour faire à mon père le plaisir de voir sa commission exécutée, je le mis sur ma tête.

Je remontai l'allée Royale. Dès que je fus hors de la vue de mon père et de ses amis, je me mis à courir.

6. La forêt de Bois-d'Arcy

J'avais très faim mais pas assez de temps pour retourner à la maison. En allant aux écuries, je passai par les cuisines du château-vieux. Elles étaient immenses et je ne sais combien de personnes y travaillaient, sûrement plus de cent. Je n'y connaissais pas tout le monde, bien entendu, mais j'étais dans les bonnes grâces d'une personne d'un niveau de responsabilité suffisamment élevé pour pouvoir entrer si je le voulais dans ce sanctuaire et au besoin m'y faire nourrir. Constantin, le frère de notre cuisinière, était maître-pâtissier. Il avait pour l'art un respect sans limite et était infiniment fier de fréquenter la maison du grand peintre Le Brun quand il rendait visite à sa sœur. Il m'avait connu nouveau-né et, pour lui, le fils de M. Le Brun était une créature quasi sacrée. Bref, il me gâtait outrageusement et était toujours charmé de me gaver du meilleur de sa pâtisserie. Il réalisait de délectables tartes et des gâteaux aux amandes tout à fait intéressants ; mais la plus grande part de sa production consistait en tourtes, pâtés en croûte et saucissons en brioche car Sa Majesté avait peu de goût pour le sucré.

Il m'accueillit (comme toujours) à bras ouverts et se félicita d'apprendre que j'avais grand faim, comme si me donner à dîner était une amabilité spéciale que le Ciel lui avait réservée pour ce jour-là. Il m'installa sur un coin de table dans la partie de cette immense cuisine réservée à sa pâtisserie, comme d'autres l'étaient aux grands et petits potages, aux grandes et petites entrées, aux rôts, aux entremets et enfin à toutes les différentes parties qui composaient un repas du roi.

— J'ai fait cuire ce matin des petits pâtés en croûte aux perdrix et culs d'artichaut. Ils sont encore tièdes. Vous allez me donner votre avis sur eux, monsieur Philibert...

Ils étaient extraordinaires. J'en mangeai deux coup sur coup sans presque reprendre mon souffle.

— Sont-ils bons ? s'enquit Constantin pour le plaisir de se l'entendre confirmer.

— Ils chont fameux... répondis-je la bouche pleine.

Avoir remonté tout le jardin de Versailles en courant m'avait donné chaud et soif, je bus à grandes goulées à même un pichet d'eau fraîche, rougie d'un peu de vin. Je me sentis soudain mieux, plus calme et déterminé. Mon projet prenait forme. Constantin s'était assis en face de moi et me regardait m'empiffrer avec bonheur. La même sorte de bonheur — me semblait-il — que mon père et Tubi ressentaient lorsque quelqu'un aimait l'une de leurs œuvres.

— Alors, ce bassin est donc fini ? demanda Constantin.

Comme tous les habitants de Versailles, il avait assisté pendant les trente jours précédents à l'incroyable déchaînement qu'avait été la construction du bassin d'Apollon.

— Terminé, dis-je en m'essuyant la bouche sur ma manche. On doit le dévoiler ce soir pour le roi.

— J'ai vu passer les statues des chevaux quand on les a apportées. Mon Dieu, qu'elles sont belles ! Je ne pourrai pas m'absenter tout à l'heure car Sa Majesté soupe au Grand Couvert*, mais demain matin, dès qu'il fera jour, avant toute chose, j'irai voir le bassin de M. Le Brun.

— C'est quand les eaux jouent qu'il faut le voir. La prochaine fois qu'elles devront jouer, je viendrai vous prévenir.

— Ce sera gentil à vous, monsieur Philibert.

Constantin était dans la partie tranquille de sa journée. Le dîner du roi était terminé. Le souper était encore loin. Il aurait volontiers bavardé plus longtemps à propos de peinture et de sculpture. Un jour ordinaire, je me serais moi aussi attardé avec plaisir dans cet aimable endroit mais, aujourd'hui, le temps me pressait.

En face de moi, posés sur une desserte, il y avait trois gros pains ronds et quatre plaques de lard que les gâte-sauces, en quittant la cuisine pour profiter de la pause du milieu de la journée, avaient oublié de ranger. J'avais ce pain et ce lard sous les yeux depuis que j'étais

---

* En public, avec la reine et les princesses.

assis à cette table. Et ils m'avaient donné une idée. Une idée presque sacrilège. Le plan n'en était pas encore bien net dans ma tête. Je ne savais pas si j'aurais l'occasion ni le cran de le mettre à exécution. Mais il fallait que j'emporte avec moi ce pain et ce lard.

— Constantin, dis-je en me levant, les ouvriers qui travaillent avec mon père au bassin n'ont pas eu le temps d'aller dîner. Mon père m'a chargé de vous demander quelque chose pour eux. Du pain et du fromage, ou du pain et du lard... Il enverra quelqu'un plus tard pour vous le régler.

Le maître-pâtissier eut un geste des bras dirigé vers le ciel pour signifier que la seule supposition que M. Le Brun pût lui devoir quoi que ce soit lui semblait une profanation.

— Que M. Le Brun ne se soucie de rien. Nous verrons ça un autre jour. Un jour comme aujourd'hui, M. Le Brun doit avoir bien autre chose à penser... J'ai ce pain et ce lard qui sont là. Le lard est très ordinaire. J'en ai du meilleur dans ma resserre mais il faut que j'envoie quelqu'un le chercher.

— Celui-là est exactement ce qu'il faut, dis-je. Puis-je l'emporter ?

— Je vais vous le couper, alors. Ce sera plus

proprement fait ici que là-bas, près du bassin, dans la poussière.

Il s'arma d'une planche et d'un grand couteau d'ogre et, à gestes précis, il trancha chaque plaque de lard en plusieurs morceaux et chaque pain en quatre. Il enveloppa tous ces morceaux dans des torchons et mit le tout dans un sac de jute.

— Soyez gentil de me rapporter le sac et les torchons, monsieur Philibert, dit-il en me remettant le sac. J'en ai peu.

— Promis, répondis-je.

Et je m'en fus avec mon butin. J'allai aux écuries. Les écuries du roi, comme les cuisines, étaient immenses. J'y étais encore plus chez moi qu'aux cuisines. Mon père, en tant que Premier peintre du roi, avait le privilège d'y laisser Gaston, son cheval. Je me rendis dans l'aile où se trouvait la stalle de Gaston. Les croupes des chevaux, luisantes et bien nourries, s'alignaient de part et d'autre d'un large couloir central. Le bruit paisible des chevaux qui mâchonnaient la paille ou le foin remplissait tout le haut bâtiment. Le chef d'écurie me vit arriver.

— Bonjour, monsieur Philibert. M. Le Brun a besoin de Gaston ?

— Oui, répondis-je, mon père a une course pressée à faire. Pourriez-vous le seller pour lui, s'il vous plaît ?

— Faut-il l'amener à M. Le Brun ?

— Ne vous donnez pas cette peine. Je dois retourner auprès de mon père. Je lui amènerai.

Le brave homme me répéta une recommandation qui était presque un rite entre nous :

— Vous vous souvenez que vous n'avez le droit de monter Gaston qu'au pas, monsieur Philibert ?

Comme toujours, je tâchai de figurer l'image de la sagesse et de la bonne foi réunies pour répondre :

— Bien sûr.

Depuis deux ou trois années, je rendais régulièrement à mon père le service d'aller lui chercher Gaston à l'écurie quand il en avait besoin. J'avais obtenu le droit de le monter seul pendant ces trajets, seulement ma mère y avait mis la condition de n'aller qu'au pas. Et mon père, qui n'aurait jamais songé à cela tout seul, s'était émerveillé de la prudence de son épouse et avait confirmé cette règle.

Gaston impressionnait tout le monde parce qu'il était très grand, mais c'était le plus gentil cheval de la terre. Le plus calme. Rien ne l'émouvait. Mon pauvre Gaston ! si je ne l'avais pas fait trotter et galoper chaque jour que Dieu fait, qui s'en serait occupé ? Mon père était si pris par la construction du grand Versailles qu'il n'avait plus guère le temps de monter à cheval. Et puis, les années passant, quand il avait une course à faire, il se laissait de plus en plus volontiers tenter par le confort et les coussins d'une voiture. Gaston était alors un cheval de onze ans, en pleine forme et d'une santé de fer. Si je ne l'avais pas sorti chaque jour, il aurait dépéri d'ennui et de tristesse dans son écurie.

Le chef des écuries savait bien tout cela. Quand, dans nos courses à travers champs, Gaston avait transpiré, je prenais toujours le temps avant de rentrer de le faire marcher au pas assez longtemps pour lui sécher le poil ; toutefois on ne trompait pas un homme d'expérience comme notre maître d'écurie. À dix pas et d'un seul coup d'œil, il savait distinguer un cheval qui avait couru d'un cheval qui avait fait une calme promenade. Mais par une sorte d'accord tacite, nous préférions lui et moi ne pas en parler. Nous pensions tous les deux qu'il n'y avait que des avantages à ne pas parler des sujets ennuyeux.

Il raccourcit les étriers pour moi, puis il me saisit le genou pour m'aider à me hisser en haut de mon grand cheval. J'attachai le sac de Constantin au pommeau de la selle. Le chef des écuries m'accompagna jusqu'à la grille, tenant Gaston à la bride.

— Allez, mais tout de même, soyez prudent, monsieur Philibert, dit le brave homme.

Je le remerciai et partis bien sagement au pas dans les rues de Versailles. Gaston, enchanté d'être dehors par ce beau temps, secouait la tête et les oreilles comme pour dire : « Ah ! Comme c'est bien... Comme on va s'amuser... Alors, y allons-nous ? On court un peu ? »

Je lui caressai l'encolure :

— Un peu de patience.

Dès que nous eûmes les champs devant nous, je le laissai prendre le trot. Et de lui-même, après quelques foulées, il partit dans son galop puissant, régulier, raisonnable. Le galop de Gaston était si sûr et si stable que jamais je ne suis tombé. Quand il sautait une barrière ou un fossé, ou quand il grimpait un talus, on avait seulement l'impression d'une foulée un peu plus ample que les autres. Le temps nous pressait, je lui permis d'adopter un train rapide, ce dont il sembla être charmé.

— Comme tu es gentil, lui dis-je, d'aimer courir à ce point.

Il ne nous fallut même pas une demi-heure pour atteindre la forêt de Bois-d'Arcy. La prairie en lisière qui servait habituellement de rendez-vous à la chasse était déserte, ce qui me contraria. Ils étaient donc tous à l'intérieur des bois. Je n'allais pas pouvoir utiliser le premier et le plus facile de mes plans, celui qui consistait à remettre le problème entre les mains habiles des dames. Il fallait continuer, entrer dans les bois et aller débusquer la chasse du roi.

Une allée cavalière traversait la forêt dans toute sa longueur. Nous partîmes, Gaston et moi, par cette allée, au pas, silencieusement, les oreilles grandes ouvertes, guettant tout ce qui pouvait ressembler à des aboiements ou à des cris de chasseurs. On n'entendait rien. Le sous-bois était calme et paisible. Les oiseaux s'en donnaient à cœur joie, ce qui pouvait laisser croire que personne ne les avait dérangés depuis un moment. Je traversai ainsi la moitié de la forêt de Bois-d'Arcy sans rien entendre. Où donc étaient-ils passés ? Je quittai l'allée. Il y avait une grande butte que j'escaladai en espérant avoir une vue plus dégagée de là-haut... Les crosses d'évêque des jeunes fougères sortaient du sol en déployant une énergie impressionnante. Bientôt, elles seraient hautes comme un homme à pied. Je cherchai le soleil à travers la voûte des arbres. Les feuilles, encore légères et vert tendre, n'allaient pas tarder à épaissir. Encore quelques belles journées comme celle-ci et elles deviendraient si vertes et si denses qu'elles plongeraient le sous-bois dans l'ombre. Je vis à travers les branchages que le soleil commençait à baisser ; et je n'avais toujours pas trouvé le roi... Dans une dizaine de minutes, il me faudrait retourner à Versailles. On pouvait avoir besoin de moi auprès du bassin d'Apollon. En fait, peut-être le roi était-il déjà rentré...

Et soudain, silencieux et rapide, il passa à vingt pas de moi, au pied de ma butte. Un grand daim mâle. Comme je ne faisais aucun bruit, il ne me vit pas et ne détourna pas sa course. Et aussitôt, j'entendis les chiens aboyer. Ils étaient assez loin encore. Le daim avait plusieurs minutes d'avance sur eux. Au moins deux ou trois... Bien sûr, je ne me faisais pas toutes ces réflexions d'une manière aussi construite. Il s'agissait d'impressions rapides et fugitives. J'eus aussi le temps d'apercevoir que le daim était magnifique ; grand, majestueux et d'une robe fauve somptueuse. Un véritable gibier royal. J'avais à présent la certitude que les chasseurs n'abandonneraient pas une traque pareille. Ils poursuivraient cet animal jusqu'à la nuit noire s'il le fallait. Et il ne me semblait pas épuisé ; sa course était alerte et puissante ; il pouvait faire courir les chiens encore un bon moment.

Ça allait mal. Tout cela, c'étaient de mauvaises nouvelles pour mon père et pour le bassin d'Apollon.

Les aboiements furent soudain tout proches. Je n'avais pas bougé du haut de ma butte, j'aperçus les chiens. Ils couraient sur les traces du daim. Ils allaient passer comme lui au pied de ce tertre sur lequel je me trouvais. Je vis que les chiens allaient seuls. La course du daim les entraînait si vite qu'ils avaient laissé derrière eux les piqueurs* et les autres chasseurs. Au même instant, je défis d'une main

* Valets chargés des chiens.

l'attache du sac de jute accroché à mon pommeau et je serrai les jambes. Mon brave Gaston, comme s'il avait suivi toutes mes pensées, comme s'il avait compris avec moi que si nous voulions arrêter cette chasse, il fallait le faire tout de suite, à l'instant même, sinon il serait trop tard, partit au grand trot dans la descente. Si nous voulions exécuter le projet dont l'idée m'était confusément venue un peu plus tôt dans la cuisine de Constantin, retenir les chiens et leur faire perdre la piste, il fallait agir tout de suite. C'était la question d'un instant qui ne reviendrait plus si nous le manquions. La demi-minute ou la minute pendant laquelle les chasseurs de tête ne nous verraient pas.

Au bas de la pente, Gaston prit de lui-même le galop et, bravement, courut à la rencontre des chiens. Un instant plus tard, nous nous trouvions au milieu de la meute. Vus de près, en pleine chasse, ces chiens qui au chenil semblaient sereins et presque amicaux étaient effrayants. Ils aboyaient férocement, montraient les crocs, relevaient les babines, bavaient, roulaient des yeux furieux. Ils se montrèrent surpris, mécontents et choqués par mon intrusion qui dérangeait tous les usages de la chasse. Certains voulurent me contourner. D'autres firent mine de me sauter aux mollets, mais, dans la même seconde, je répandis sur le sol le contenu du sac aux miches de pain et aux morceaux de lard.

Les chiens couraient depuis midi sous le soleil. Ils avaient une faim aiguë. C'était cet état de faim féroce qui générait chez eux la colère et le désir de continuer à courir après plusieurs heures de poursuite. À ce degré de fatigue et de désir de nourriture, ils ne savaient plus qu'une chose : ils ne mangeraient que quand ils auraient pris ce daim. À ce stade, la chasse, c'était la faim des chiens contre la peur de l'animal.

L'odeur forte du lard qui se répandit alors déboussola complètement ces chiens affamés. Ils oublièrent la traque. Ils oublièrent le daim dont l'odeur fut masquée par celle infiniment plus proche et plus puissante du gras de porc fumé. Ils m'oublièrent. Ils se ruèrent sur les quartiers de lard que j'avais jetés au sol, se les arrachèrent et, pendant les secondes qui suivirent, ce fut autour des jambes de Gaston une brève tempête de grondements, de bruits de dents et de claquements de mâchoires. Le lard disparut en quelques instants. Les morceaux de pain subirent le même sort. Je dégageai Gaston en douceur, sans écraser de patte ni d'échine et je serrai les jambes. Mon brave cheval, qui avait tout compris, engagea sous lui ses postérieurs et, par un effort dans lequel il mit toute sa puissance, partit au galop. Les chasseurs arrivaient. J'entendis d'abord les cris des piqueurs et puis, très vite, la course des chevaux galopant à travers bois. Ils n'étaient pas loin mais, par bonheur, ils arrivaient par l'autre côté de la butte et ne pouvaient pas me voir. J'aperçus devant moi, comme un refuge, une ravine entourée de buissons de houx hauts et sombres. Je plongeai dans cette cachette. Gaston s'immobilisa. Je me couchai sur son encolure et ne bougeai plus.

À travers les feuilles du houx, j'entendis puis je vis arriver le Premier piqueur. Étonné de ne plus entendre ses chiens aboyer, il criait pour les exciter. Il criait dans cet étrange langage à la fois homme, chien et loup, qui va de la basse la plus profonde à la voix la plus aiguë, celle qu'utilisent les maîtres pour encourager leur meute :

— Aoooo !... Aoooo !... Hardi, hardi, mes chiens !... Courez ! Courez donc !... Aoooo !...

Le Premier piqueur surgit de derrière la butte. C'était un homme maigre aux yeux sombres, tout trempé de sueur. Il montait un maigre cheval alezan lui aussi tout mouillé de sueur. À force de courir les forêts ensemble, le cavalier et sa monture avaient fini par se ressembler. Le cheval vint presque trébucher sur les chiens arrêtés. Il cessa net sa course et le piqueur, de stupéfaction, manqua passer pardessus le cou de son cheval. Les chiens avaient arrêté la poursuite ! Jamais encore il n'avait vu cela. Des chiens peuvent perdre une piste, ça oui ! mais ils ne s'arrêtent pas pour autant ; au contraire, ils cherchent, flairent et quêtent d'autant plus activement... Les chiens s'étaient arrêtés. Certains même s'étaient couchés pour reprendre haleine. Il tenta de les renvoyer sur la piste du daim.

— Qu'est-ce ? cria-t-il. Debout !... Debout, mes drôles !... Debout, vilains paresseux !... Aoooo !... Aoooo !... Ah ! mais, voulez-vous donc courir !

Pour le rappeler à son devoir, il cingla d'un coup de fouet son meilleur chien, un grand gris tacheté de noir à l'arrière-train puissant ; mais le chien ne réagit qu'en lui lançant un regard étonné, presque peiné. Pourquoi le battait-on ?

En quoi avait-il mérité d'être battu ? Les règles de vie des chiens de chasse étaient simples. On courait jusqu'à épuisement derrière l'animal et quand la chasse était finie, on mangeait, soit à la curée*, soit de la main du maître. Aujourd'hui on avait couru un daim, on avait mangé, d'une façon assez peu orthodoxe, certes, mais on avait mangé quand même. La chasse était donc finie, ils avaient honnêtement fait leur métier et le repos était la récompense légitime des efforts déployés. Qu'avait donc le maître à crier ainsi, à se fâcher et à distribuer des coups de fouet ?

Le piqueur ne pouvait rien comprendre de tout ce muet discours, les chiens n'ayant pas laissé sur le sol la plus infime trace du repas que je leur avais distribué. Et maintenant qu'ils s'étaient frotté le nez, le palais et l'intérieur de la gueule de viande et de gras de porc aux violents arômes, ils ne risquaient plus de flairer la moindre piste.

À cet instant, le roi, suivi de ses courtisans, déboucha du même sentier. Dans ma ravine, je m'aplatis encore un peu plus sur l'encolure

* Partie du gibier distribuée aux chiens aussitôt la chasse finie.

de Gaston. Mon cœur battait à grands coups. Je commençais à prendre la mesure de ce que je venais de faire. J'avais arrêté la chasse du roi. J'avais sciemment fait perdre la trace du daim à sa meute. Ce que je venais de commettre était presque aussi grave que d'interrompre la messe. Par chance pour le bassin d'Apollon, au moment où Gaston et moi nous étions élancés dans la descente pour couper la route aux chiens, je n'avais pas eu le temps de réfléchir à cela. Je n'aurais peut-être alors pas eu le courage de me rendre coupable d'une pareille effronterie. Gaston et moi ne bougions pas plus que des pierres. L'idée me vint alors (et me rassura un peu) que personne ne m'avait vu distribuer de la nourriture aux chiens. Le Premier piqueur semblait ne rien comprendre à la situation, donc il n'avait rien aperçu. Si par malchance un chasseur venait à me dénicher dans mon trou, je jurerais mes grands dieux que je me promenais là par hasard et que je m'étais caché par timidité, de peur de troubler une chasse royale.

— Que se passe-t-il ? demanda le roi. Les chiens n'aboient plus. Ont-ils perdu la trace ?

Le Premier piqueur, debout au milieu du sentier, tous ses chiens autour de lui, était l'image de la consternation. Il écarta les bras avec désolation :

— C'est à n'y rien comprendre, Sire ! Il y a cinq minutes, les chiens suivaient le daim quasi à vue, et, voyez comme je viens de les trouver... Arrêtés, couchés dans l'herbe ! Jamais je n'avais vu une telle chose.

— C'est en effet fort étrange, dit le roi. Ces bêtes seraient-elles malades ?

Le piqueur palpa autour de lui quelques truffes et dégagea quelques yeux pour en observer les conjonctives.

— Je ne le crois pas, Sire, répondit-il, ils ont tous bon poil et l'œil vif. Il faut croire qu'ils se sont laissé dépister. Mais je ne peux comprendre comment ils ont pu perdre la trace dans un bois aussi dégagé.

— Les lourdauds ! dit le roi.

Comme moi un moment plus tôt, il leva la tête et chercha le soleil à travers les frondaisons. Puis il se tourna vers les chasseurs qui l'accompagnaient :

— Mesdames et messieurs, dit-il, je crois que la chasse est finie. Nous ne rentrerons pas très glorieusement aujourd'hui. Au fait, quelle heure est-il ?

Trois ou quatre courtisans sortirent précipitamment leur montre :

— Bientôt cinq heures, Sire.

— Cinq heures ? peste ! déjà si tard ? Et M. Le Brun à qui j'ai promis de venir voir tout à l'heure la nouvelle pièce d'eau... Nous rentrons, la chasse est terminée.

Le roi tourna bride et, entouré de toute sa suite, s'éloigna à travers bois dans la direction de l'allée cavalière. Les piqueurs et les valets de chiens regroupèrent les bêtes en meute, passèrent les laisses, et tout le groupe s'en alla vers la même allée.

Le silence revint sur ce coin de la forêt. Je demeurai seul dans ma ravine, toujours caché derrière mes houx. Ô joie ! Ô bonheur ! Le soleil était encore haut dans le ciel et le roi rentrait à Versailles. Il serait à temps au rendez-vous du bassin d'Apollon !... J'aurais volontiers battu des mains, sauté de joie, dansé dans mon fossé, entonné un chant de triomphe et félicité avec toute la chaleur méritée mon Gaston qui avait chargé seul une meute en pleine chasse, mais je ne voulais prendre aucun risque qu'on pût me voir ou m'entendre. Je m'étais miraculeusement tiré de cette équipée ; un chasseur ou un valet de chien pouvait s'être attardé ; il était bien inutile qu'on m'aperçoive dans les parages de cette chasse qui s'était interrompue de manière si brusque et si étrange. Je caressai doucement l'encolure de Gaston :

— Tu es le meilleur, murmurai-je. Il n'y en a pas deux comme toi. Tu es un cheval de guerre et le plus brave de tous.

Gaston, l'air calme d'un vainqueur, releva les oreilles avec une petite allure crâne qui semblait dire : « Eh bien oui, quand il suffit de se promener dans les champs, je suis comme tous les autres, mais quand il faut livrer bataille, alors, gare ! »

J'attendis encore quelques minutes. Je songeai au daim. Qu'il était beau dans sa course ! Puissant, raisonnable et nullement paniqué. Et quelle belle couleur avait sa robe ! Comment pouvait-on définir cette couleur ? Fauve clair ? Il faudrait que je pose la question à mon père... C'était vraiment une bonne chose que les chasseurs n'eussent pas tué ce bel animal. Je regardai dans la direction par laquelle il s'était enfui et lui adressai une pensée : « Bonne chance, petit frère, mais, si j'étais à ta place, je ne reviendrais jamais me promener dans la forêt d'un roi qui aime autant la chasse. » Puis je songeai à Constantin et aux torchons dont il avait enveloppé la viande et dont il m'avait tant recommandé de prendre soin. Bien entendu, je n'avais pas eu une seconde pour les défaire. Ils avaient été en un instant lacérés, déchirés, réduits en fragments par les crocs des chiens et sans doute mangés avec le lard qu'ils protégeaient. Comment allais-je faire pour rendre ses douze torchons à Constantin ? Deux ou trois, j'aurais pu les prélever dans la lingerie de ma mère, mais douze...

Décidément, tout était calme. Les oiseaux s'étaient remis à chanter. Je pouvais me risquer hors de ma cachette. Il était temps de retourner voir comment se présentaient nos affaires à Versailles. Je trouverais plus tard une solution pour cette histoire des torchons de Constantin.

Gaston et moi sommes sortis sans bruit de notre trou. Nous avons évité l'allée cavalière. J'avais décidé, par prudence, de quitter le bois par une autre lisière que le roi. Pour rentrer à Versailles, je choisis de prendre à travers champs et d'aller rejoindre la route à Porche-Fontaine. C'était un détour mais, par le chemin le plus direct, celui que j'avais pris pour venir, j'allais immanquablement me trouver dans la situation de dépasser les équipages du roi, chiens, valets de chiens et piqueurs, en train de rentrer à la maison. Gaston, par sa très grande taille, était aisément reconnaissable. Moi, par ma petite taille, aussi. Il ne me semblait pas judicieux de leur rappeler mon existence.

Depuis l'orée de la forêt, j'aperçus au loin dans la plaine le cortège du roi. Les chevaux étaient au trot et soulevaient un nuage de poussière. Ils n'allaient pas tarder à pénétrer dans les bois de Versailles. Allons, tout allait bien, il restait encore au moins deux heures de soleil. Le roi serait à l'heure au rendez-vous de mon père... Je vis aussi au milieu de la plaine les chiens qui rentraient. Je serrai doucement les jambes et mon bon Gaston partit au galop vers Porche-Fontaine.

7. Philibert jeté aux lions

En arrivant au château-vieux, je me rendis tout droit à l'écurie des chevaux du roi et, sans même mettre pied à terre, je demandai si Sa Majesté était bien rentrée de la chasse.

— Mais oui, me répondit-on, il y a de cela une demi-heure.

Donc, du côté des écuries, tout semblait se dérouler sans anicroche. J'aurais bien voulu maintenant aller voir comment les choses se présentaient du côté du bassin d'Apollon mais il fallait auparavant m'occuper de Gaston. Il venait de galoper une lieue trois quarts, il avait sans doute sauvé son bon maître, M. Le Brun, d'une affreuse déconvenue, il méritait les meilleurs soins. Je le menai boire à l'abreuvoir. C'est toujours étonnant de voir la quantité d'eau que peut boire un cheval qui a soif. Chez Gaston, c'est phénoménal. En regardant mon cheval, les naseaux plongés dans l'eau claire dont le niveau descendait silencieusement, ma pensée revint à notre fontaine d'Apollon, elle aussi si gourmande en eau... Je regardai le soleil. Implacablement, il commençait sa descente vers l'horizon. Mon père, Lulli et les autres, en ce moment, devaient être sous les armes près du bassin. « Mon Dieu, pensai-je, soyez gentil et faites que le roi soit à l'heure. »

Le maître d'écurie vint m'aider à bouchonner les jambes de Gaston. Cet homme raisonnable ne posa aucune question pour savoir si la course de M. Le Brun s'était bien déroulée ou non. Il ne s'étonna même pas que M. Le Brun soit allé batifoler à cheval pendant plus de deux heures alors que tout le monde à Versailles savait qu'il était sur le bord du bassin d'Apollon en train d'attendre le roi... Il devina même à quel point je piaffais d'aller le rejoindre.

— Allez-donc, monsieur Philibert, me dit-il, Gaston et moi, nous finirons tous les deux.

J'hésitai, ne voulant pas lui laisser tout le travail.

— Sauvez-vous donc, vous dis-je ! Je vais le panser et le nourrir. Partez tranquille. Que craignez-vous ? Que j'affame Gaston ? Allez ! je vous promets de n'être pas regardant pour le foin et l'avoine. Il va s'en mettre plein le ventre, n'est-ce pas, Gaston ?

Je le remerciai, j'avais déjà fait plusieurs pas pour m'en aller quand il me rappela :

— Monsieur Philibert !

Je m'arrêtai.

— Monsieur Philibert, si j'étais à votre place, je ferais une petite toilette à la pompe. Vous êtes tout dépeigné et vous sentez un peu l'écurie... Et si vous devez traverser les jardins...

Le conseil était bon. À cette heure de la fin de la journée et par un si beau temps, il y aurait certainement des foules de promeneurs sur les terrasses. Sans compter que je devais ensuite assister à la fête de la mise en route du bassin d'Apollon... La médisance était le péché mignon des courtisans. Dans l'état dans lequel je me trouvais, j'allais leur offrir sur un plateau un sujet de choix. Ils seraient trop contents de pouvoir clabauder partout que le fils de M. Le Brun avait de plus en plus l'allure (et l'odeur) d'un petit paysan.

Il fallait faire vite. À la pompe, j'ôtai ma veste et ma chemise et, torse nu, penché en avant, je me lavai sous le jet le visage, les bras et le cou, puis je me repeignai le mieux que je pus avec un peigne à chevaux — on utilise les outils qu'on a sous la main — et je rattachai mes cheveux. Toujours avec une brosse à chevaux, j'ôtai la boue de mes bas et de mes chaussures. Je remis ma chemise en la tendant bien dans ma ceinture pour tenter d'en aplatir les plis. Je secouai un grand coup ma veste pour en faire voler la poussière et les brindilles récoltées dans la forêt, je lui donnai deux ou trois coups de brosse et la renfilai en la boutonnant sur toute sa hauteur. Et, présentable, je courus jusqu'à la balustrade qui bordait la grande terrasse.

Je vis trois choses. D'abord en regardant vers le bas du parc, puisque rien n'était commencé au bord du bassin d'Apollon. Le paravent était toujours en place. Les musiciens de Lulli étaient installés sur leurs chaises. Tout le monde semblait attendre. Je reconnus la petite silhouette bleue de mon père et la petite silhouette verte de Le Nôtre. Ensuite, le ciel, toujours aussi pur, était en train de se colorer en mauve et rose. Le soleil descendait vers l'horizon et prenait peu à peu l'aspect d'une sphère orangée. Combien de temps restait-il avant qu'il ne passe derrière l'horizon ? Vingt minutes... peut-être vingt-cinq, tout au plus. L'instant et la lumière atteignaient la perfection. C'était le moment idéal pour commencer à faire jouer les fontaines... Je songeai au désespoir de mon père. Encore un quart d'heure et sa fête serait manquée. Mais que faisait donc le roi ?... Parce que la troisième chose que je voyais, en me tournant vers le château-vieux, était que le roi ne s'était pas encore mis en route.

Son carrosse se tenait prêt, attelé de quatre chevaux alezans. Le cocher, assis sur le siège, attendait à trente pas de la terrasse qu'on lui fasse signe que Sa Majesté allait sortir et traverser le perron. L'instant où le roi apparaîtrait dans l'encadrement de la porte déclencherait une espèce de chorégraphie. Le cocher donnerait à ses chevaux l'ordre d'avancer et contrôlerait leur allure de façon à présenter la porte du carrosse à Sa Majesté au moment exact où elle atteindrait l'extrémité du perron. Pas une seconde plus tôt : on ne précédait pas

Sa Majesté. Pas une seconde plus tard : on ne la faisait pas attendre.

Le carrosse de Mme de Montespan se tenait prêt lui aussi. Il attendait derrière celui du roi. Tiens ! cela voulait donc dire que la favorite éprouvait de la curiosité, et peut-être même de l'intérêt, pour l'œuvre de mon père... Ou bien était-ce simplement une galanterie qu'elle faisait à son royal amant en l'accompagnant en promenade ?... Toutefois, c'était une très bonne chose pour mon père et pour André Le Nôtre que Mme de Montespan soit là pour la mise en route de notre bassin car la sultane faisait la pluie et le beau temps dans la mode. Si elle daignait honorer notre bassin d'un avis favorable, la moitié de la Cour s'empresserait de le trouver admirable.

Le carrosse de la reine n'était pas là, ce qui n'avait rien de surprenant, la reine haïssant — avec quelque légitimité — la maîtresse de son époux. Sans doute, Marie-Thérèse* avait-elle appris dans l'après-midi que sa rivale avait annoncé son intention d'accompagner le roi en promenade au nouveau bassin d'Apollon ; alors, mécontente, elle avait pré-

* Marie-Thérèse d'Autriche, l'épouse du roi.

texté un malaise ou une indisposition et fait dire qu'elle ne viendrait pas. Cela se passait ainsi tous les jours ou presque. Chaque jour, les deux femmes échangeaient des rosseries, à la grande joie de toute la Cour qui comptait les coups. Marie-Thérèse avait régulièrement le dessous. Il était vrai que, face à la splendide Athénaïs*, elle cumulait deux handicaps de taille : elle n'était pas jolie et elle était très sotte.

Tout cela c'était bien joli, mais encore aurait-il fallu que le roi et Athénaïs arrivent à temps !... Qu'est-ce qui pouvait les retarder ainsi ? Est-ce que le roi n'avait pas compris la dimension de la lumière dans la dernière création de mon père ? C'était impossible, voyons ! Louis le Quatorzième avait l'âme d'un artiste. Il connaissait aussi bien qu'un peintre ou un sculpteur de métier l'importance de l'éclairage d'une œuvre... Il était venu se rafraîchir et changer de vêtements après la chasse, mais cela ne prenait tout de même pas une heure ! Moi, j'avais bien fait une toilette complète à la pompe des écuries en quelques minutes...

---

* Françoise Athénaïs, marquise de Montespan, la favorite du roi.

Certainement, quelque chose ou quelqu'un le retenait. Un ministre avec une dépêche pressée ? Rien n'était plus pressé que le bassin d'Apollon ! La France n'allait pas être envahie pendant la nuit, non ? Il serait toujours temps d'envoyer une armée dans la soirée ou demain matin... Si ce n'était pas un ministre, il s'agissait alors peut-être d'une belle personne ondoyante, animée du vertueux projet de voler sa place à la Montespan. J'aurais pu crier à cette belle personne depuis le jardin qu'elle perdait son temps, le nôtre avec, et qu'elle se préparait une fameuse désillusion. Il arrivait souvent que des belles de la Cour déploient leurs charmes et se donnent toutes les peines du monde pour tenter d'accéder au statut de favorite du roi. Pour rien. Le roi s'amusait avec ces conquêtes qui ne demandaient qu'à être conquises et les oubliait. Mme de Montespan était inexpugnable. La sultane était plus splendide que jamais. La passion du roi pour elle n'avait jamais été si forte. Pour la supplanter, il aurait fallu être à la fois plus belle, plus spirituelle, plus drôle et plus impériale qu'elle. À mon avis, et j'étais assez bien placé pour observer les dames de la Cour, aucune n'avait actuellement le niveau requis... Ou alors est-ce qu'un adversaire de mon père ou de Le Nôtre retenait le roi avec intention ? C'était malheureusement tout à fait possible. Et tout à fait à craindre. Les princes et les puissants avaient tous *leurs* peintres et *leurs* artistes, et ils les opposaient entre eux comme des chevaux de course. Les succès des uns vexaient les autres. Les princes ou les ministres qui protégeaient des peintres moins en vue que mon père (parce que moins bons) pouvaient se sentir mortifiés des succès de M. Le Brun, et des projets de M. Le Brun, des perpétuelles louanges du roi à propos des œuvres de M. Le Brun... On allait le taquiner un peu, M. Le Brun ! Ce serait une bonne plaisanterie de lui faire manquer l'inauguration de sa pièce d'eau. Comment s'appelait-elle, déjà, cette pièce d'eau ? Le bassin d'Apollon. Grotesque, ce nom ! Uniquement destiné à flatter la vanité du roi.* Tout comme ce moment du coucher du soleil choisi entre tous pour l'inauguration... Pouvait-on rien voir de plus obséquieux ? On allait lui donner un joli coucher de soleil à ce M. Le Brun si content de lui...

* Louis XIV adorait être comparé au soleil.

Rien de plus simple, il suffisait de retarder un peu Sa Majesté...

Je bouillais de fureur en imaginant ces conversations. Ma rage augmenta quand je constatai que le cocher du roi, assis sur son siège, fumait sa pipe. Oh ! très discrètement. En la cachant aux trois quarts sous sa veste. Mais s'il se permettait cette récréation, c'était qu'on l'avait averti qu'il avait encore plusieurs minutes devant lui avant que Sa Majesté ne paraisse à la porte. Soudain, c'en fut trop pour moi. L'indignation me submergea. Comment tous ces personnages pouvaient-ils agir avec une telle indifférence et une telle cruauté ? Comment le roi, ces dames, ces courtisans perfides que mon imagination me faisait voir à l'intérieur du château, ce cocher qui se permettait de fumer sa pipe pendant que mon père souffrait mille morts, pouvaient-ils le laisser, ainsi que Le Nôtre, Tubi, et tous les ouvriers qui avaient œuvré pour la création de ce bassin, attendre en se rongeant les sangs, là-bas, en bas du parc ? Tous ces gens avaient travaillé de tout leur cœur, de toute leur énergie, de tout leur génie — mon père et Tubi depuis deux ans presque — pour que cet instant, ce soir du printemps de 1670, ce moment précis que nous étions en train de laisser perdre, soit un moment d'une beauté incomparable dans l'histoire de la construction de Versailles. Et comment le laissait-on perdre ? Par paresse, incurie, indifférence, et peut-être à cause de la malveillance de certains esprits sots et jaloux.

Le cocher descendit de son siège et sauta à terre. Je vis que son intention était de tapoter sa pipe sur la grosse pierre qui marquait l'angle du mur. C'était l'affaire d'un instant. Mais, dans la même seconde, j'avais escaladé l'autre côté du carrosse. Debout à la place du conducteur, je saisis à pleines mains les guides et les secouai pour en frapper le dos des chevaux. Les chevaux du roi étaient admirablement dressés, ils partirent tous les quatre au trot, ensemble et sur le même pied. Je ne m'attendais pas à un départ si rapide et précis, j'en tombai en arrière mais, par chance, je tombai assis sur le siège, je parvins à m'y accrocher et à retrouver mon équilibre. Le cocher, debout près de la borne, sa pipe à la main, ne put qu'ouvrir des yeux ronds stupéfaits en voyant son carrosse lui filer sous le nez.

Pendant ces instants où je prenais possession du carrosse du roi, je ne me sentis pas grimper sur le siège, ni prendre les guides, ni lancer les chevaux. C'était comme si je m'étais vu agir de l'extérieur. Je n'avais qu'une seule pensée en tête, une pensée qui prenait la place de toutes les autres, la pensée du but à atteindre. Une injustice allait être commise, on allait gravement blesser les sentiments de mon père, de ses amis et de tous leurs ouvriers, et le seul moyen qui me restait pour tenter d'empêcher cela était de faire monter le roi dans son carrosse et de l'amener le plus vite possible au bassin d'Apollon. Si nous partions tout de suite, nous pouvions encore arriver à temps.

Comme deux heures plus tôt dans la forêt de Bois-d'Arcy, quand nous avions dévalé la butte, Gaston et moi, pour couper la route aux chiens, perché là-haut, sur le siège de mon carrosse, je ne m'interrogeai pas sur les conséquences du scandale que j'étais en train de susciter. Mais je crois sincèrement que si j'y avais pensé, je ne me serais pas arrêté pour autant. J'étais animé d'une telle indignation contre l'injustice faite à mon père, et d'une telle colère contre l'état d'esprit mesquin et routinier qui régnait dans cette Cour que je me sentais prêt à braver tous les dangers.

Pendant ces quelques secondes, tout me fut égal. J'aurais accepté de risquer la Bastille ou les galères pourvu que le roi fût à l'heure. (Toutefois, si je m'étais retrouvé par la suite à la Bastille ou aux galères, j'aurais sans doute assez vite revu ma position sur ce sujet.)

Devant le perron, je m'arc-boutai de tout mon poids sur les guides. Les chevaux s'arrêtèrent presque en face de la porte, un pas ou deux trop loin mais peu m'importait. Je n'avais jamais mené de chevaux attelés auparavant et je ne me doutais pas qu'il y fallait une telle force. Dans l'état d'esprit dans lequel je me trouvais, toutes ces histoires de nombre d'enjambées en trop ou en moins, de secondes en trop ou en trop peu, pour moi, c'était de la foutaise.

À l'intérieur du salon s'ouvrant sur ce perron, toute une assemblée de courtisans patientait, attendant le roi qui devait descendre de ses appartements d'un moment à l'autre. On me raconta ensuite que le roulement de mon carrosse, quand il pénétra dans ce salon, fit l'effet d'un coup de tonnerre. Tous se dévisagèrent avec effarement.

Le carrosse du roi était en avance !

Jamais, de mémoire de courtisan, un tel manquement à l'étiquette ne s'était produit. Le Premier écuyer, horrifié, regarda le Premier gentilhomme. Le Premier gentilhomme, pétrifié, se sentit sur le point de s'évanouir. Il échangea un regard désespéré avec le gentilhomme de la Chambre qui, de son côté, pria pour que la terre s'ouvre sous ses pieds...

À cet instant, le roi pénétra dans le salon et fronça les sourcils. Il se fit dans la pièce un silence à entendre voler une mouche. Sa Majesté avait entendu le carrosse arriver et en était fort agacée. Louis XIV ne se fâchait jamais, ou très rarement. Quand il était mécontent, quelques paroles glacées suffisaient à écraser le misérable ayant causé la royale mauvaise humeur, au pire quelques mots un peu vifs qui laissaient le malheureux en proie à l'épouvante pour le restant de ses jours.

Le roi ne prononça alors pas une parole mais, pendant qu'il traversait le salon, le bout de sa canne fit entendre à chacun de ses pas un petit choc menaçant contre le parquet. Ce bruit effrayant était le signe d'une colère contenue. Le Premier écuyer, le gentilhomme de la Chambre, le Premier gentilhomme, tous ceux qui se trouvaient ce soir-là en charge de l'étiquette, et donc en tort, rentrèrent la tête dans les épaules, recommandèrent leur âme à Dieu et se préparèrent mentalement à faire leurs bagages le soir même pour un retour immédiat et définitif dans leurs terres. Le renvoi dans ses terres était la pire humiliation que pouvait subir un courtisan. C'était une espèce de mort sociale. Chez les gens de la grande noblesse, il était entendu qu'on ne pouvait vivre qu'auprès du roi. Être chez soi, dans sa belle maison, entouré de ses jolies terres, loin de la Cour, c'était être en exil. Certains exilés à l'âme sensible en mouraient de chagrin. Et ce n'était pas une façon de parler, ils mouraient réellement. En ce sens qu'on les portait en terre.

Dans le salon du château-vieux, tous ceux qui — loué soit le Seigneur ! — n'avaient aucune responsabilité dans ce qui était en train d'arriver ne dirent mot et, prudemment, se gardèrent de bouger. En vérité, ils grillaient tous de curiosité. Dans ce monde de la Cour où l'esprit de clan était une règle de vie et la médisance un sport collectif, un esclandre, si on avait la chance de ne pas y être impliqué, était un divertissement à ne pas manquer et un sujet d'inspiration pour bon nombre d'agréables conversations à venir.

Le roi, avec un visage de marbre, sortit du salon et s'arrêta au milieu du perron. Il considéra l'impudent carrosse qui avait eu l'audace d'arriver en avance. Il n'était pas mené par l'un de ses cochers habituels mais par une espèce de gamin épais comme un criquet, perché tout là-haut à la place du conducteur, qui se tenait debout, bien droit, le chapeau à la main.

Je suis sûr qu'il me reconnut au premier coup d'œil comme le fils de son Premier peintre Le Brun. Je ne lui avais jamais été présenté, bien sûr, j'étais trop jeune et par trop insignifiant, mais il m'avait aperçu plus d'une fois quand j'accompagnais mon père, et Louis XIV avait une mémoire sans défaillance. Les gens y étaient rangés comme dans un gros meuble à tiroirs. Quand il voyait un visage, il lui suffisait d'ouvrir le tiroir correspondant pour en retrouver le nom et les particularités.

Le roi ne disait toujours rien. Il attendait une explication. Petit à petit, par un lent mouvement de foule, l'assemblée se rassemblait en une sorte de cercle dont le roi, moi et mon carrosse étions le centre. Jamais je n'ai eu à ce point le sentiment d'être un chrétien des premiers temps au centre de l'arène peu avant qu'on lâche les lions. La bienveillance diffuse qui émanait de mon public attendant avec intérêt de voir comment j'allais me faire dévorer devait étonnamment ressembler à celle des braves gens romains allant se divertir au cirque entre amis. Mais, comme les martyrs des premiers âges qui affrontaient les supplices et la mort ivres d'une mystérieuse joie, je ne ressentais ni peur ni désarroi. En fait, je le compris à cet instant, j'avais confiance. J'avais confiance en mon roi. Depuis ma naissance j'aimais, j'admirais, je vénérais presque Louis le Quatorzième, ce roi magnifique, le Roi-Soleil. Il m'était impossible de croire que ce prince qui avait l'âme d'un artiste puisse par caprice, par négligence ou par une quelconque mauvaise humeur passagère — et du reste peu importait cette énumération d'hypothèses puisque j'ai dit que je ne croyais à aucune —, infliger une souffrance gratuite et inutile à d'autres artistes ses frères qui l'attendaient en ce moment au bas du parc.

Le roi se taisait toujours. Une chape de silence semblait être tombée sur le perron du château-vieux. Les courtisans attendaient que la réaction du roi se précise afin de se composer une attitude appropriée. Si le roi, d'un geste de la main, écrasait l'insolent moucheron qui s'était permis de troubler l'étiquette si parfaitement réglée de sa cour, tous s'empresseraient de crier haro, de fustiger la lamentable éducation de la jeunesse chez les bourgeois et de me conseiller avec charité de bien numéroter mes abattis. Si, au contraire, Sa Majesté, par une étrange lubie, avait la faiblesse de se montrer amusée et de pardonner à l'impertinent freluquet que j'étais, alors il conviendrait de s'amuser aussi.

Ce fut moi qui rompis le silence. Encore une entorse à l'étiquette. Il n'était permis à personne d'adresser la parole à Sa Majesté sans en avoir été prié mais je n'étais plus à ça près. J'étais déjà allé si loin que je ne pouvais plus guère aggraver mon cas. Et, comme je l'ai déjà dit, je n'avais pas peur. J'éprouvais une curieuse jubilation. J'étais presque certain d'avoir raison et que le roi le comprendrait. Et, si jamais je me trompais, si le calme du roi ne faisait que précéder la tempête qui me volatiliserait, eh bien, ce que je ressentais à cet instant n'aurait été en fait que le bonheur puissant du chevalier qui trouve une mort digne de lui. J'avais beaucoup profité des thèmes héroïques de la peinture de mon père. Je saluai et dis bien haut :

— Sire, le soleil attend la permission de Votre Majesté pour se coucher.

Je ne sais d'où me vint cette phrase. Je ne l'avais pas préparée. Un instant plus tôt, je n'y avais pas songé. Ce devait être ce que mon père appelait une inspiration subite. Mais, en tout cas, il se trouva qu'elle ne déplut pas au roi. Ses sourcils retrouvèrent peu à peu une inclinaison plus détendue. Il consulta, au-delà du carrosse, la hauteur du soleil qui tombait vers l'horizon dans une apothéose d'oranges et de rouges. Il devait rester environ dix minutes avant qu'il ne disparaisse derrière la lointaine ligne des arbres. Il me regarda à nouveau et répondit assez haut pour être entendu de tout le monde :

— Vous avez raison, jeune homme. Il ne faut pas faire attendre le soleil.

Et, phénomène inouï qui provoqua l'ébahissement de tous les courtisans présents, le roi se hâta. Je ne dis pas qu'il courut. Il ne faut rien exagérer. Mais il traversa ce qui lui restait de perron à grandes enjambées et s'engouffra dans le carrosse dont un valet rapide comme la foudre parvint à ouvrir la porte à temps. Ce valet miraculeux n'eut pas le temps de baisser le marchepied mais le roi, en danseur capable d'effectuer sur scène une sissone ou un jeté en avant, s'en passa à merveille.

— Menez-moi à ma nouvelle pièce d'eau, commanda Sa Majesté en sautant presque dans le carrosse. Allez vivement !

Je décidai que ce garçon-là, le valet, était désormais mon ami pour ce qui nous restait à vivre l'un et l'autre. Le roi, en se hâtant ainsi au vu de tous, lui qui se déplaçait toujours avec une auguste lenteur, savait exactement ce qu'il faisait. Tous ses gestes étaient chaque jour observés, commentés et interprétés. C'était d'ailleurs lui qui avait voulu que les choses soient ainsi en donnant à l'étiquette et à toutes ses règles théâtrales une importance qu'elles n'avaient encore jamais atteint. Ces quelques pas rapides et cette alerte enjambée avaient valeur d'un message destiné à toute la Cour. Il disait : « La démarche du jeune Le Brun, malgré une regrettable bousculade des usages, est acceptée ; je me hâte de me rendre au bassin d'Apollon car j'ai promis à M. Le Brun de m'y trouver avant le coucher du soleil et le roi est toujours exact ; et ceux qui ont cru que ce léger retard était un signe de la défaveur de MM. Le Brun et Le Nôtre se sont trompés. »

Je compris parfaitement le message du roi et j'en fus comme inondé de joie. J'avais eu raison de lui faire confiance. Et sans douter de rien, moi qui n'avais jamais conduit un attelage, j'empoignai les guides. À cet instant le carrosse tangua. C'était le cocher qui, d'un bond, reprenait sa place sur le siège à mon côté. Je lui tendis instantanément le paquet des guides, je fermai les yeux et rentrai la tête dans les épaules, m'attendant à recevoir la gifle du siècle, qu'en toute honnêteté je reconnaissais n'être pas totalement imméritée. Vol du carrosse du roi, mésusage de l'étiquette, trouble à l'ordre de Versailles, si je m'en tirais avec une gifle ce ne serait pas encore tellement cher payé... Mais le cocher me prit les guides sans brutalité et rien ne se passa. Je rouvris les yeux. Il m'observait sans fureur, et même, me sembla-t-il, avec une certaine camaraderie.

— S'il faut conduire grand train, me dit-il à mi-voix et parlant vite, il vaut mieux que je tienne les chevaux. Il faut en avoir l'habitude.

Épais comme tu es, s'il y en a un qui éternue, tu vas te retrouver perché en haut d'un arbre.

Il ajouta avec la certitude d'un homme de métier :

— Nous serons à temps.

— Il est tard, répondis-je, moi aussi vite et à mi-voix. Maintenant, pour avoir la meilleure lumière, il faudrait arriver par la gauche du char d'Apollon. Je crois que ce serait bien de passer par le bassin du Dragon.

— C'est entendu, dit-il. Accroche-toi, petit. Attention au virage près du Dragon...

Il fit claquer en l'air son fouet et les quatre chevaux du carrosse prirent ensemble le galop. L'espace d'un instant, par une association d'idées assez peu compliquée, je songeai aux quatre chevaux d'Apollon qui nous attendaient en bas ; la vitesse me fit rire de joie ; maintenant, c'était sûr, nous serions à temps. Le carrosse partit en trombe dans la direction du carrefour du Dragon, laissant derrière lui un nuage de poussière.

8. Versailles à la poursuite du roi

Au bord du bassin d'Apollon, mon père était assis sur une chaise, les coudes posés sur les genoux, le menton appuyé sur les paumes des mains. Sa belle perruque était toute de travers. Quelques grappes s'étaient défrisées et pendaient. Il ne voulait même plus regarder dans la direction du soleil. L'ombre serait là dans quelques minutes et le roi ne viendrait plus.

C'était d'ailleurs sans doute mieux ainsi, songeait mon père, parce que peut-être était-elle manquée, cette pièce d'eau... Peut-être était-il dans l'erreur depuis le début... Il avait cru de tout son esprit à ce dieu jaillissant des eaux et à ces chevaux qui semblaient s'évaporer. Comme il l'avait dit un jour à propos des personnages aériens de ses plafonds, il avait voulu que son Apollon et ses chevaux soient libérés de l'incommodité d'avoir un poids. Ils jaillissaient de l'eau comme on s'envole. Mais cette légèreté, cet essor, n'était peut-être pas ce qui convenait à la solennité de Versailles... À l'entrée de la grande perspective, il eût fallu quelque chose de plus classique, quelque chose d'imposant. Une allégorie royale évidente. Une image que tout le monde puisse comprendre. Un Jupiter massif. Quelque chose comme le *Moïse* du tombeau de Jules II à Rome*... Ce à quoi tout le monde s'attendait, en fait, à commencer par le roi... Ceux qui avaient vu, pendant la construction du bassin, cet étrange char qui semblait rouler dans l'eau, avaient dû en être abasourdis. Ils avaient sans doute couru prévenir Sa Majesté que Le Brun était devenu fou. Au reste, c'était peut-être vrai... Si le roi n'était pas venu,

* Le tombeau du pape Jules II à Rome est une œuvre de Michel-Ange. Moïse est le personnage central du monument. La statue mesure 2,35 m de hauteur.

c'était par délicatesse. Pour éviter à son pauvre vieux Le Brun la mortification d'exposer cette statue insensée devant toute la Cour. C'était bien mieux ainsi. Dans les jours prochains, on ôterait sans bruit inutile cette statue du bassin et, plus tard, un autre sculpteur s'occuperait de trouver ce qui convenait pour cet endroit. Nul doute qu'il réussirait mieux... Dans toute cette affaire, le vrai regret de mon père, c'était pour Tubi. Comme l'écrivait Molière, il regrettait d'avoir emmené Tubi dans cette galère... Le petit sculpteur italien avait cru au char d'Apollon plus encore que lui-même. Il avait travaillé tant d'heures, il avait insufflé à ces statues tant de grâce et de vie... Non, la statue du char d'Apollon n'était pas manquée ! Elle était même magnifique. Simplement, elle n'avait pas sa place devant la grande façade de Versailles. Et le petit Jean-Baptiste Tubi, si dépourvu de toute vanité, était un très grand sculpteur. L'un des meilleurs de son temps. Il devançait toute son époque... Mon père espéra que Tubi ne serait pas entraîné dans sa disgrâce et que beaucoup des statues du petit Italien orneraient un jour Versailles. Il essaierait d'en dire un mot au roi avant de partir... Parce que pour lui, Charles

Le Brun, Versailles, c'était fini. Après un pareil échec, il ne pourrait pas continuer à diriger la décoration du château-neuf. Il donnerait sa démission demain avec discrétion... C'était comme cette trouvaille du rectangle quadrilobé dont il s'était senti si sottement fier. Là encore un très bel ovale aurait peut-être suffi... Moins compliqué... Moins prétentieux... Par bonheur, Le Nôtre se tirerait probablement sans trop de dommage de cette histoire. Il n'était pour rien dans le choix de la statue et son grandiose canal allait lui valoir la bienveillance du roi pour longtemps... Au fait, où était-il passé, Tubi ? Ah, oui ! Ça lui revenait... Dans le milieu de l'après-midi, il n'avait plus pu supporter cette attente et s'était sauvé. Il s'était réfugié à l'écurie des carrosses, dans l'atelier où il avait doré le char d'Apollon. Il avait bien fait... Mon père songea que quand le soleil aurait enfin disparu, et quand tous ces gens seraient partis, il irait rejoindre Jean-Baptiste dans l'écurie des carrosses. Il lui expliquerait que rien n'était sa faute, à lui, Tubi, et surtout que rien de tout cela n'avait vraiment d'importance...

Les ouvriers et les fontainiers bâillaient. Les musiciens somnolaient sur leurs chaises. Lulli, assis sur un fauteuil, s'était assoupi et dormait, la tête basculée sur le côté, le front incliné jusqu'à la hauteur de l'épaule. Par moments, un ronflement lui soulevait la poitrine. Les musiciens pensaient comme tout le monde que le roi ne viendrait plus. Par politesse pour M. Le Brun, dont la déception faisait peine à voir, ils attendaient que la nouvelle fût confirmée pour s'en aller, mais la plupart avaient déjà rangé leurs instruments et refermé leurs boîtes.

Soudain, l'un des violistes s'exclama :

— Ah ! Monsieur Le Brun ! Regardez !

Mon père releva la tête. Le musicien, de son archet, lui montrait l'allée qui descendait du carrefour du Dragon.

— Regardez, monsieur Le Brun, regardez, répéta-t-il. Voilà le roi !

Mon père sauta sur ses pieds. Tous les gens présents se levèrent. Lulli se réveilla en sursaut. Un carrosse soulevant un nuage de poussière descendait l'allée du Dragon. Le cocher menait son attelage au galop, comme sur une grand-route, alors que les voitures qui circulaient dans les allées de Versailles se déplaçaient en général au pas ou dans un majestueux trot rassemblé. Mais sans doute, il s'agissait bien du carrosse du roi !... Tout seul, ce qui était surprenant car on le voyait toujours accompagné d'une escorte, et souvent suivi de la file des voitures des courtisans... Mais oui ! c'était bien Sa Majesté... On reconnaissait son carrosse plus grand que les autres et son attelage d'alezans... Et les huit mousquetaires de l'escorte apparurent au haut de l'allée, tentant de rattraper le roi, les plumes blanches de leurs chapeaux volant au rythme du galop de leurs chevaux.

Nous étions partis si vite que nous avions oublié tout le monde derrière nous, même l'escorte.

Mon père écarquilla les yeux pour être sûr de ne pas se tromper : sur le siège du carrosse du roi, assis à côté du cocher, cramponné d'une main au dossier, il y avait moi, son fils, Philibert.

De ma main restée libre, j'enlevai mon chapeau et je l'agitai triomphalement pour faire signe à mon père d'enlever au plus vite les panneaux qui formaient le rideau.

Et sur les hauteurs du parc, toute la Cour apparut soudain. Tous ceux que nous avions abandonnés sur le perron du château-vieux accouraient en foule. La plupart n'avaient pas eu le temps de faire atteler ; ceux qui avaient demandé leur voiture, dans le désordre qui avait suivi le brusque départ du roi, n'avaient jamais pu la faire approcher. Ils avaient donc pris le parti de rejoindre le bas du parc comme il le pouvaient. À pied. Certains en courant. D'autres en marchant. Et en chaise à porteurs pour ceux qui avaient réussi à en trouver une. Ils arrivaient par le haut de la terrasse, ils dévalaient les escaliers, ils se pressaient vers l'allée Royale et le Tapis vert... Pendant ces quelques minutes, toutes les règles de l'étiquette et des préséances valsèrent ; toute la gravité de Versailles fut déconcertée ; il n'y eut plus nulle révérence ; chacun dépassait qui le gênait et se hâtait aussi vite qu'il le pouvait à la poursuite du roi vers le bassin d'Apollon.

La plus rapide fut la marquise de Montespan. Son carrosse était tout prêt et ses réflexes d'une merveilleuse promptitude. Elle monta en voiture moins d'une minute après le roi. Sa majesté n'était pas encore au bas du parc que le carrosse de la Marquise* lancé au galop apparaissait déjà en haut de l'allée du Dragon.

---

* Quand on disait « la Marquise », tout court, il s'agissait de Mme de Montespan.

Conserver jour après jour, année après année, la place de favorite demandait à Mme de Montespan autant de volonté et d'intelligence politique qu'il aurait fallu en dépenser pour gouverner une province. Elle devait à chaque instant prévoir ce qui allait plaire au roi, mais elle devait aussi trouver — ce qui était beaucoup plus subtil — quels refus habiles, quelles oppositions calculées allaient piquer le désir de son royal amant et aiguillonner sa passion.

Mon père, debout, immobile sur le bord de son bassin, voyait le roi venir à lui au grand galop, suivi de ses mousquetaires. La Montespan, lancée à une vitesse folle, arrivait derrière. Et toute la Cour, ainsi que tous ceux qui travaillaient à Versailles, les peintres et les maçons, ceux des écuries et ceux des cuisines, descendaient en foule à travers les bosquets, les pelouses et les allées pour venir assister à la mise en route de sa fontaine d'Apollon... Des larmes grosses comme des pois se formèrent dans ses yeux bleus.

Il murmura :

— Ils viennent tous...

Et d'un seul coup, il retomba sur terre. Il se tourna vers le couchant et, de son œil d'artiste, en un instant, embrassa la situation. Le soleil, comme une boule orange foncé, presque rouge maintenant, s'approchait de l'horizon. Il restait encore quelques minutes avant qu'il ne passe de l'autre côté. Deux ou trois nuages s'étaient montrés mais c'était sans gravité. Ils amenaient même dans cet or et ce rouge une nuance de violet tout à fait intéressante. Le char d'Apollon, éclairé de tous les feux du couchant étincelait d'un doré lumineux, presque vermeil. Cela ne durerait que quelques minutes mais cela serait suffisant. Mon père n'avait pas prévu que le soir serait si rouge, mais quelle beauté ! Oui, vraiment, quelle beauté ! Allons, tout allait bien, très bien même. Tout était au mieux.

— Vite ! s'écria mon père. Reculez les échafaudages ! Les fontainiers ! Ouvrez les vannes... faites jouer les fontaines !

On ne l'avait pas attendu. Dès l'instant où l'on avait reconnu le carrosse du roi, chacun, sans avoir eu besoin d'aucun ordre, avait couru accomplir sa tâche. Les chariots portant les panneaux du paravent disparurent. On les tira jusqu'aux arbres les plus proches où on les cacha derrière. L'eau jaillit de la gueule des poissons et des conques des tritons. Les instruments de musique ressortirent de leurs boîtes comme des diables. Lulli frappa dans ses mains, éleva les bras vers le ciel, et cogna plusieurs fois le sol de sa haute canne pour donner la mesure à ses musiciens.

Mon père se souvint soudain de Tubi. Il saisit un apprenti jardinier par l'épaule, et dans son émoi, le secoua et le bouscula, sans doute dans l'idée de le faire aller plus vite :

— Cours, dit-il, cours chercher Tubi...

— Où le trouverai-je ? demanda le garçon.

— Aux carrosses ! À l'écurie des carrosses, bien entendu ! Tu es encore là ? Cours, misérable ! Dis-lui que le roi sera près du bassin dans moins d'une minute !

Depuis l'allée du Dragon, du haut de mon carrosse, je vis les chariots portant les tentures s'écarter et l'eau bondir. Puis les trois grands jets d'eau verticaux s'élevèrent ensemble avec lenteur et solennité, comme pour confirmer que la fête était commencée. Je posai la main sur le bras du cocher.

— Doucement ! dis-je. Doucement, maintenant... Ce n'est plus la peine de nous presser. Nous sommes à temps. Il faut laisser à Sa Majesté le plaisir de découvrir le bassin d'Apollon avec lenteur.

Le cocher fit signe de la tête qu'il avait compris. Je croyais que, pour ralentir quatre chevaux lancés ensemble et pareillement déchaînés, il allait, comme les cochers des grandes voitures le pratiquaient souvent, leur briser la bouche de toute la force de ses gros muscles, mais il n'en fut rien. Il éleva les bras, ses doigts jouèrent sur les guides comme sur les cordes d'un instrument de musique, transmettant à la bouche sensible des chevaux un message qu'ils comprirent à l'instant car tous les quatre, ensemble, rassemblèrent leur galop*. J'en demeurai stupéfait. D'abord, je n'aurais pas cru qu'il fût possible de rassembler des chevaux emportés dans un élan pareil. Ensuite, j'aurais encore moins imaginé qu'il était possible d'obtenir d'eux cet effort par pure douceur. Le cocher, qui guettait du coin de l'œil ma réaction, fit mine de ne pas tourner le visage, mais ne put retenir un demi-sourire de satisfaction en voyant l'admiration se peindre sur mon visage.

---

* *Rassembler le galop*, c'est le ralentir en diminuant l'amplitude des foulées. Le cheval se redresse dans son attitude et devient encore plus beau à voir.

— Ce sont de braves enfants, commenta-t-il simplement en désignant ses chevaux.

Les chevaux passèrent du galop au trot sans qu'aucune rupture de cadence ne secoue Sa Majesté dans la voiture. Le trot se ralentit, devint moelleux. Le cocher fit décrire à son attelage une large courbe dessinée comme une arabesque et vint terminer sa course au bord du bassin, juste en face du char d'Apollon.

À cet instant, le cocher et moi, nous nous sommes regardés : il fallait maintenant baisser le marchepied et ouvrir la porte au roi. Tout de suite. Sans perdre une seconde. La règle voulait qu'en aucun cas on ne fasse attendre Sa Majesté. Mais le valet dont c'était le rôle n'était pas là, et pour cause, nous l'avions oublié là-haut... Et ouvrir la porte au roi se trouvait encore être une de ces fonctions à l'attribution précise et compliquée. En l'absence du valet titulaire, elle revenait au Premier officier. En l'absence du Premier officier, elle revenait à je ne savais qui, quelqu'un d'autre qui devait tenir à ce privilège plus qu'à sa gloire, sa fortune et l'héritage de ses parents mais qui n'était présentement pas là... Je vis de loin mon père et Le Nôtre cherchant, perplexes, une solution au problème. Le Nôtre se décida et prit sa course vers le carrosse, mais il avait au moins soixante pas à franchir. J'étais beaucoup plus près. Le cocher et moi avons réagi en même temps. Il me poussa presque à bas du siège en disant (de la voix qu'il aurait sans doute prise pour encourager un jeune cheval un peu timide) : « Va, va !... » Mais, sans l'attendre, je m'étais déjà élancé pour sauter à terre. Je n'en étais plus à une usurpation de fonction près et je songeai que l'étiquette avait déjà été si malmenée aujourd'hui que cette entorse-là disparaîtrait dans la masse des autres. En un saut et deux pas, je fus à la portière. J'abaissai le marchepied et j'ouvris la porte à Sa Majesté en faisant ma plus jolie révérence.

Le roi descendit.

Il s'avança avec une auguste lenteur jusqu'à la berge du bassin. Il posa devant lui ses deux mains sur le pommeau de sa canne. Et, dans cette attitude qui lui était familière quand il admirait un paysage ou considérait un bâtiment, il demeura immobile plusieurs minutes, tourné vers le soleil couchant et vers l'Apollon créé par mon père et Tubi.

Le soleil, derrière la statue, était maintenant comme une sphère écarlate posée sur l'horizon. Les derniers feux de l'or rouge du soir illuminaient Apollon jaillissant des eaux. Les jets semblaient des fontaines de lumière rose. Et les notes de la musique de Jean-Baptiste Lulli s'envolaient comme des bulles de joie.

Cet instant dura quelques minutes. Le soleil passait derrière l'horizon. Il envoya un ultime éclat et disparut. Lulli abaissa une dernière fois les bras et la musique se tut. Le roi fit alors décrire à sa canne un quart de cercle sur le sol. Il pivota lentement sur lui-même en se tournant vers mon père. Le roi avait pris le visage solennel qui indiquait à tous les auditeurs présents que ce qu'il allait prononcer était l'aboutissement d'une réflexion mûrement achevée et qu'il était inutile d'attendre un changement d'avis dans le futur. Il prononça à haute et distincte voix ces paroles :

— J'aime infiniment votre bassin d'Apollon, monsieur Le Brun.

9. Au travail, Philibert !

Ces mots étaient la plus complète récompense que puisse recevoir un artiste ayant travaillé pour Louis XIV. Pendant ces instants, je regardai intensément le visage de mon père. Je vis des larmes se former dans ses yeux. D'autres se formèrent alors aussi dans les miens. Je l'avais bien dit qu'il était beau, notre bassin d'Apollon !

Mon père, comme cela arrivait à la plupart des gens félicités par le roi, rougit, bafouilla et finit par se tirer d'affaire en saluant jusqu'à terre. Cela convenait du reste assez bien à Sa Majesté qui appréciait qu'on rougît, bafouillât et se tirât d'embarras en saluant jusqu'à terre quand il complimentait. On ne pouvait ressentir trop d'émotion quand le plus grand roi du monde vous faisait compliment. C'était même la moindre des choses.

Tubi, au prix d'une course effrénée depuis l'écurie des carrosses, était arrivé pendant les derniers instants de lumière et de musique. Il s'était placé à côté de mon père, et là, il s'efforçait de retrouver une respiration normale ou du moins discrète. Sans grand succès car ses poumons exigeaient leur dû d'air et, malgré des efforts intenses, il haletait comme un chien qui a trop couru.

— Monsieur Tubi, poursuivit Sa Majesté, vos statues sont très à mon goût. Elles embellissent ce parc.

Tubi, devant cette consécration, devenu rouge cerise comme les fleurs de son habit, moitié émotion, moitié asphyxie, ne put émettre autre chose qu'une série de consonnes et, comme mon père, plongea dans un salut allant jusqu'au sol.

— Ah, monsieur Le Nôtre ! s'exclama le roi en s'adressant à notre ami André qui salua aussitôt. Eh bien, voilà une perspective qui s'annonce fort belle !... Je me réjouis de voir bientôt votre canal.

Le roi se tourna vers Mme de Montespan et la considéra avec amitié.

Le carrosse de la Marquise était arrivé moins d'une minute après celui du roi. Avec tact, car la musique avait alors déjà commencé, elle l'avait fait arrêter à une cinquantaine de pas. Elle en était descendue avec grâce, et comme si rien ne la pressait dans cette agréable promenade du soir, elle avait rejoint le roi au bord du bassin d'un pas à la fois nonchalant et impérial ; le résultat de ce mélange était une élégance inégalable.

Le roi l'avait un peu abruptement — pour ne pas dire avec muflerie — abandonnée sur le perron du château-vieux. Elle était pourtant arrivée au bassin d'Apollon en s'éventant avec un visage riant, comme si cette amusante poursuite au galop dans les allées de Versailles avait été un joyeux divertissement inventé par son amant. Elle était venue se placer à côté du roi. Non pas exactement à côté de lui, ce qui aurait été la place de la reine ; Louis XIV, qui avait un sens extrême du rang et de la place de chacun, s'en serait choqué ; la Marquise était bien trop fine pour commettre une bourde pareille. Pas non plus trois pas en arrière, comme une maîtresse au rabais. Pas un pouce et demi* derrière le roi comme aurait pu le faire une gourgandine sans cervelle à qui la faveur serait montée à la tête (impertinence qui n'aurait d'ailleurs pas manqué d'impatienter le roi et de hâter le retour de la gourgandine à son néant). La Marquise, avec une connaissance profonde du caractère du roi et un sens aigu de la Cour, savait se placer à l'endroit exact qui convenait, selon le jour et selon l'heure. Ce soir, c'était un tiers de pas en arrière du roi et, de cet endroit, elle semblait dire à tout le monde : « Je ne suis pas la reine mais je suis la première à la Cour, et je suis incomparable. » Ce qui était parfaitement exact.

— Eh bien, madame, que pensez-vous de ce bassin d'Apollon ?

— En vérité, Sire, je suis jalouse. Et je trouve Votre Majesté fort égoïste.

Le roi était heureux de ce moment, et donc tout à fait d'humeur à s'amuser de ce genre de badinerie.

— Vraiment, madame ? En quoi ai-je mérité ce reproche ?

— Votre Majesté se garde messieurs

* Un pouce et demi fait environ trois centimètres.

Le Brun, Le Nôtre et Tubi pour elle toute seule. Sans eux, Clagny ne sera jamais que très ordinaire.

Clagny était le château que la Marquise avait décidé de se faire construire au bord du parc de Versailles, ou plutôt que le roi avait décidé d'offrir à la Marquise. Clagny était annoncé comme devant être une merveille, un petit temple du bon goût, du luxe et de l'originalité.

— Mais, madame, vous savez que je ne me soucie que de vous plaire. S'ils y consentent, je vous prête volontiers ces messieurs.

— Vraiment ? Eh bien, en vérité, Sire, si ces messieurs consentaient à venir à Clagny, j'en serais ravie.

Et elle adressa à mon père et ses amis un mouvement de tête et de cils d'une séduction capable de faire tomber un saint stylite du haut de sa colonne. Mon père, Le Nôtre et Tubi lui rendirent son salut avec un empressement qui signifiait que c'étaient bien à eux d'être submergés de joie. Le Nôtre, au nom du groupe, assura que participer à la construction de Clagny serait un honneur et une fierté.

Ils travaillaient tous trois nuit et jour, ils s'occupaient de quatre ou cinq chantiers à la fois, ils oubliaient la moitié de leurs repas, je ne voyais pas comment ils allaient pouvoir trouver une minute dans leurs journées pour construire Clagny. Mais je savais qu'ils le feraient. Et qu'ils y arriveraient. Ils feraient de Clagny le bijou que la Marquise attendait.

À vrai dire la construction de Clagny s'annonçait fabuleuse. Le roi ne lésinerait pas. Rien ne serait trop beau pour Mme de Montespan. Et la Marquise, dont l'imagination n'était jamais en repos, ne manquerait pas de vouloir pour son château et son jardin tout ce qu'il y avait de plus nouveau, et de plus original. Le roi, à Versailles, quoique tout fût grandiose, restait très classique dans ses goûts. À Clagny, rien ne serait jamais assez hardi ni assez inventif. Mon père et ses amis allaient se régaler.

Je crois que c'est à cet instant que le désir de peindre s'empara de moi. Le vrai désir. L'envie physique de tenir un crayon ou un pinceau dans la main. Le désir presque irrésistible qui vous fait laisser tous les gens qui sont autour de vous, aussi charmants et agréables soient-ils, pour aller retrouver dans la solitude une feuille de papier vierge ou un dessin commencé. J'entrevis soudain qu'il y avait dans le travail et la concentration des voluptés profondes. En fait, rien de tout cela n'était très nouveau pour moi. Depuis mon plus jeune âge, j'avais vu mon père et des gens comme Tubi ressentir ces désirs et ces voluptés chaque jour de leur vie. La nouveauté, ce que je venais de découvrir, c'était que moi aussi je pouvais en être habité. En bref, si je voulais participer à l'aventure de Clagny, il était temps de me mettre au travail.

Puis, pendant une seconde, je me sentis traversé par une vague de regret. Une seconde pendant laquelle je songeai à l'été qui arrivait, à l'odeur des foins, au grand soleil sur la campagne, aux forêts hautes et belles comme des cathédrales... Serait-il possible que tout cela soit fini pour moi ? Mais dans l'instant qui suivit, la solution arriva toute seule. Et Gaston ? Je n'allais pas abandonner mon cher Gaston dans son écurie comme un prisonnier condamné au mur. Tous les jours, j'irais monter Gaston, même si cela me dérangeait dans ma peinture. Et, même s'il m'arrivait de grogner au moment de poser mes pinceaux, je me connaissais assez pour savoir que dès que j'aurais respiré l'air du dehors et l'odeur des chevaux, mes importants travaux m'apparaîtraient soudain comme très secondaires.

La visite du roi était terminée. Le souper était ce soir-là au Grand Couvert. Le roi ne pouvait faire attendre la reine. Ni la centaine de personnes du service, confrontées deux fois par jour à la difficulté extrême de faire arriver, encore chauds, les plats à la table de Sa Majesté. Le roi salua toute l'assemblée d'un signe de tête bienveillant et, de belle humeur, présenta la main à Mme de Montespan pour l'inviter à monter dans son propre carrosse. Ils repartirent ensemble vers le château-vieux comme des amoureux de roman. La Marquise devait être contente de sa promenade, le roi venait de lui faire un cadeau somptueux : les trois meilleurs artistes du temps (ça, c'était mon avis, mais ce n'était pas loin d'être aussi celui du roi) pour Clagny. En regardant s'éloigner le carrosse qui emportait les royaux amants, je pensai — je ne sais pourquoi, sans doute parce que je commençais à avoir faim moi aussi — aux pâtés dont Constantin m'avait offert la primeur. Ils seraient certainement servis tout à l'heure au souper. J'y aurais goûté le premier. Encore un délit de lèse-majesté à mon actif aujourd'hui. « Surtout, Sire, pensai-je, ne manquez pas d'essayer les petits pâtés aux perdrix et culs d'artichaut. Ils sont étourdissants. »

Les courtisans qui avaient accouru en foule pendant le spectacle commençaient aussi à repartir. Certains s'en allaient à pied comme ils étaient arrivés. Mais la plupart avaient enfin réussi à se faire rejoindre par leurs voitures et c'était tout un train de carrosses qui remontait lentement vers le carrefour du Dragon.

Un certain nombre de personnes s'attardèrent pour féliciter mon père, Le Nôtre et Tubi. Certains le faisaient parce que le roi et la Marquise avaient trouvé beau le bassin d'Apollon et que la première règle de vie du courtisan voulait que l'on soit toujours de l'avis du roi. Si Sa Majesté s'était montrée déçue, ils seraient sans doute repartis en affectant une mine douloureusement surprise, navrée et déconcertée, et tous prêts à démolir mon père dans de nombreuses conversations à venir. C'était ça, la vie de cour... En tout cas, cette fois-ci, nous, les Le Brun, nous avions encore gagné !

J'ai l'air de dire du mal de tous les courtisans mais il y eut aussi ce soir-là beaucoup de gens qui vinrent voir mon père et ses amis tout simplement parce qu'ils avaient aimé le bassin d'Apollon et qu'ils tenaient à le leur dire. Parmi ceux-ci il y avait le comte de Forges. Celui-là était un courtisan original. C'était à la fois un très grand seigneur et un très brave homme. C'était un homme de guerre à qui personne ne pouvait contester sa bravoure. Il passait les deux tiers de l'année aux armées et le reste à la Cour où il se sentait gêné et à l'étroit comme un très grand chien à qui l'on aurait permis d'entrer dans un salon plein de meubles fragiles. Quand il pénétrait dans une pièce, il avait toujours l'air de craindre de casser quelque chose. Le roi l'aimait bien à cause de sa gentillesse et de son courage. Pour cela toutes les coteries cherchaient assidûment à l'enrôler mais il ne s'en rendait jamais compte. Il n'avait sans doute même pas compris que la Cour était un réseau d'ententes, de ligues et de chapelles. Il s'asseyait un jour avec un groupe de courtisans qui s'en félicitaient. Mais le lendemain il les consternait en participant à une joyeuse conversation dans une clique rivale. Et il était bien le seul à ne jamais s'apercevoir de rien.

Le comte de Forges fit ce soir-là patiemment la queue pour féliciter mon père.

— Vraiment, monsieur Le Brun, dit-il, cette pièce d'eau est belle... Et cette statue est belle...

Il chercha un autre adjectif plus fort ou plus pittoresque pour décrire ses impressions mais, n'en trouvant pas sur le moment, il conclut :

— Assurément, elle est très belle.

— Merci, monsieur le comte, dit mon père en s'inclinant.

Le comte considéra le char d'Apollon au milieu de ses jets d'eau, avec une expression à la fois perplexe et admirative.

— Je ne sais comment dire, monsieur Le Brun, poursuivit le comte, mais comment trouvez-vous toutes ces idées ?

Mon père n'eut pas le temps de répondre. D'ailleurs il n'avait pas de réponse à cette question : les idées se bousculaient en permanence dans sa tête. La difficulté pour mon père n'était pas de trouver des idées, c'était de trouver assez de temps pour les réaliser. Mon père n'eut pas le temps de s'interroger longtemps sur la nature de son inspiration car le regard du comte de Forges s'arrêta soudain sur ma modeste personne et il demanda à brûle-pourpoint :

— Quel âge a votre fils, monsieur Le Brun ?

Question qui plongea mon père dans la perplexité car mon âge était la chose au monde dont il arrivait le moins à se souvenir. D'autant plus qu'il changeait tous les ans. Mon père allait sans doute répondre en toute bonne foi que j'avais huit ou neuf ans quand je me permis de voler à son secours. Je m'avançai de deux pas et répondis en saluant :

— Bientôt treize ans, monsieur le comte.

— Treize ans ? Très bon âge. Monsieur Le Brun, ne voulez-vous pas faire de votre fils un officier ? Voyez-vous, je l'ai observé tantôt. C'est un garçon qui ne manque pas d'audace, ni de décision. Peut-être manque-t-il de discipline mais cela s'acquiert...

Je compris que le comte de Forges avait assisté à mon quart d'heure d'héroïsme, un peu plus tôt, devant le perron du château-vieux, perché sur le toit du carrosse. Mais mon père, qui n'était pas au courant de mes hauts faits, se demanda comment le comte pouvait si bien connaître mon caractère. Le comte continua :

— Croyez-moi, j'ai l'habitude des jeunes gens. Je forme des officiers à longueur d'année. Ce qui leur manque bien souvent, c'est la motivation. J'aimerais avoir votre fils. Je suis sûr que, si je la lui demandais, Sa Majesté signerait une dispense* en sa faveur.

Tout cela était exact. Le roi accorderait toutes les demandes du comte de Forges, qu'il aimait bien et qui ne sollicitait jamais rien pour lui. Et il était aussi vrai que les garçons de la noblesse nés deuxième ou troisième fils, et qui ne pouvaient compter sur aucun héritage, partaient pour l'armée à l'âge que j'avais. Ceux-là n'avaient pas beaucoup le choix. Ils y gagnaient d'échapper à leurs familles et aux leçons de leurs précepteurs mais ils n'avaient pas toujours une vocation profonde pour la vie militaire.

Si le comte de Forges avait fait cette proposition à mon père il y avait seulement trois mois, j'aurais sûrement sauté de joie et j'aurais embrassé le comte sur les deux joues. Pour un garçon de douze ans et trois quarts d'année, que pouvait-il y avoir de plus grisant que la

* Sauf dispense, il fallait être noble pour exercer un commandement dans l'armée.

perspective de revêtir l'uniforme des officiers de Sa Majesté, de partir vivre l'aventure dans la réalité, de monter un beau cheval, de porter un véritable sabre et d'entendre tonner le canon et siffler les balles ?... Pour la possession d'un sabre, d'un chapeau à plume et d'une paire de pistolets d'arçon, j'aurais envoyé promener tous mes crayons et tous mes pinceaux. Mais il fallait croire que, ces dernières semaines, les semaines de la construction du bassin d'Apollon m'avaient considérablement mûri car je n'accordai à ce projet qu'un vague regret un peu nostalgique, celui qu'on concède à ses anciens rêves d'enfant jamais accomplis. Je ne serais pas un grand capitaine d'aventure. Je serais peintre. J'avais maintenant compris — et cette conviction s'était vivement imprimée dans mon esprit — que passer des journées entières à peiner sur un dessin rétif dans une froide pièce regardant vers le nord m'apporterait des joies plus profondes et plus complètes que les chevaux, les marches, les combats, et toute la camaraderie de tous les régiments.

Mon père, à mon côté, était extrêmement embarrassé. Cette proposition le surprenait au plus haut point. Un Le Brun officier dans l'armée du roi... Jamais une telle question ne s'était posée dans notre famille où l'on était peintre et sculpteur de père en fils. Au moins, chez nous, la question de la vocation des jeunes gens était l'une de celle qui ne se posait pas. Un Le Brun officier dans l'armée du roi... Était-ce une catastrophe ou un bonheur inespéré ?

— Monsieur le comte, commença mon père, votre attention pour mon fils Philibert est pour moi... et pour lui ! un honneur immense... Notre reconnaissance...

Je devinai qu'il cherchait comment dire, sans trop avoir l'air d'un bourgeois de Molière, qu'il lui fallait demander l'avis de sa femme, laquelle avait un talent extraordinaire pour trouver des solutions aux questions toujours si compliquées de la vie pratique. Encore une fois, je me permis de venir à son secours, c'est-à-dire de lui couper la parole.

— Je remercie infiniment monsieur le comte... commençai-je.

Le comte fronça les sourcils. Couper la parole à son père devant un tiers était une impertinence extrême qu'il n'eût sûrement jamais supportée chez ses propres enfants. Mais son front se détendit soudain, il venait sans doute de songer que nous étions une famille d'artistes, donc une famille certainement très originale, avec ses propres usages. Le comte constata que mon père n'avait pas l'air autrement fâché de ma sortie. Cet homme honnête s'en serait voulu de juger les habitudes des autres sans les connaître. Je poursuivis :

— Je remercie infiniment monsieur le comte mais mon père m'a élevé pour être peintre. Devenir peintre est ce que je souhaite le plus au monde.

Le comte souleva un sourcil étonné.

— Ah !... dit-il. Eh bien, soyez peintre si tel est votre désir, jeune homme... c'est sans doute une très bonne chose d'aimer son état...

Il considéra encore une fois le char d'Apollon et hocha la tête.

— Il est vrai que quand on sait faire de si belles choses... Et la guerre est parfois une bien laide occupation... Croyez-moi, je ne le dis pas souvent mais il m'arrive de songer que si la guerre n'était pas un devoir, je resterais volontiers chez moi... Allons, messieurs, je dois vous quitter sans quoi je vais être en retard pour assister au Grand Couvert. J'ai été heureux de cette conversation.

Mon père et moi saluâmes.

— J'aurai l'honneur de vous retrouver dans quelques minutes, dit mon père, je vais moi aussi me rendre au Grand Couvert.

Et le comte partit à grands pas élastiques vers l'allée Royale déjà plongée dans la pénombre, sans même s'apercevoir que son carrosse était venu le chercher et l'attendait inutilement au bas de l'allée du Dragon.

Il faisait presque nuit maintenant. Le maître-fontainier qui avait attendu la fin de la conversation du comte de Forges s'approcha de mon père :

— Monsieur Le Brun, tout le monde est parti. Pouvons-nous arrêter les jets d'eau ?

Mon père se tourna vers le château-vieux dont les fenêtres, au loin, commençaient à s'éclairer.

— Êtes-vous bien sûr que depuis là-haut on ne peut plus voir les fontaines ?

— Tout à fait sûr, monsieur Le Brun. Regardez autour de vous : il fait nuit.

— Alors (mon père étouffa un soupir), arrêtez l'eau... mais, s'il vous plaît, je vous en prie, demain matin, au moment du Lever de Sa Majesté, remettez les fontaines en route.

Que Sa Majesté puisse les apercevoir de ses fenêtres...

— C'est entendu, monsieur Le Brun, je les ferai jouer pendant une heure.

— Une heure ? Mais ce n'est pas assez, voyons ! Il faut les laisser au moins deux heures. Une heure, ce serait mesquin.

— Deux heures, c'est impossible. C'est beaucoup trop ! Je ne sais si cela aura l'air mesquin mais vous ne voulez pas m'assécher tout Versailles ?

— Disons *oune* heure et trente *minoutes*, et allons souper ! intervint Tubi. Il fait *nouit*, tout *lé* monde est parti, *jé né* sais comment c'est pour vous mais, moi, j'ai les *gambettes* qui *mé* rentrent dans *lé* corps. Allons nous montrer à *cé* Grand Couvert et rentrons à la maison.

Mon père et le fontainier se regardèrent un instant, puis ils sourirent tous deux.

— Une heure et demie, je devrais y arriver, monsieur Le Brun, dit le fontainier.

— Une heure et demie, ce sera très bien, conclut mon père.

— Allons, messieurs, insista Le Nôtre, ne traînons pas comme ça. Personne ne comprendrait qu'après les paroles aimables de Sa

Majesté, nous soyons en retard au Grand Couvert.

Le volume d'eau des fontaines diminua, puis elles s'arrêtèrent. Les trois grands jets verticaux descendirent comme s'ils rentraient sous terre et disparurent. Le bruit de l'eau se tut. Le silence se fit auprès du bassin d'Apollon. Les étoiles commençaient à apparaître. Il ne restait plus de la lumière du jour qu'une mince bande d'une couleur entre le jaune et le vert le long de l'horizon du couchant. Nous partîmes tous les quatre par l'allée Royale, remontant vers le château-vieux.

— Qu'est-ce *qué tou* vas faire maintenant ? demanda Tubi à mon père. *Tou* as fini avec les plafonds *dé* tes Planètes ?

— Oh, certes non ! Ces grands appartements, c'est un travail énorme. Il y a sept salons.

— Et *tou* vas faire Clagny, en *plous* ?

— Bien sûr. Tu sais, si l'on commençait à se demander si on a le temps de faire les choses, on ne ferait bientôt plus rien du tout. Le temps, on le trouvera. Regarde, par exemple, toi, tu vas bien en trouver du temps, pour Clagny...

— Et comment ! *Jé* commence *démain*.

— Demain ?

— Oui, un intendant de la *Marchesa** est *venou mé* trouver tout à l'heure. La *Marchesa* veut *mé* voir *démain*. Elle veut douze *statoues* pour son *vestiboule* de Clagny.

— Douze ?

— Oui, douze ! Elle *né* sait pas encore si elle veut les saisons, ou les *vertous*, ou les grands amoureux *dé* la mythologie, mais elle veut douze *statoues*.

— Mais où va-t-elle les mettre ? Rien n'est encore construit de Clagny ! Pas le plus petit morceau de mur...

— *Ma*, qu'est-ce *qué* ça fait ? Les *statoues*, elles peuvent très bien habiter ailleurs en attendant. Et *tou* sais ? la *Marchesa*, c'est *oune* femme prudente. Favorite, c'est *una* profession à risques. Elle sait *qué lé* roi peut changer d'avis. Alors, elle *né* perd pas *dé* temps. Si elle le pouvait, elle *té* demanderait aussi ses plafonds sans attendre.

Le Nôtre, qui marchait en silence, se mit à rire.

— Ça, dit-il, c'est bien possible. Et il m'est déjà arrivé d'agir de la même façon avec Sa

---

* « La Marquise », en italien.

Majesté. Je me souviens d'une pelouse que je voulais planter, le roi rechignait et ne parvenait pas à se décider. Quand enfin il a dit oui, j'ai fait labourer, préparer le sol et semer pendant la nuit de peur qu'il ne change d'avis avant le matin.

Je marchais seul, quelques pas derrière mon père et ses deux amis. Mon intention était de les accompagner jusqu'au château-vieux, de les y laisser et de rentrer à la maison où ma mère et moi souperions sans les attendre. Je n'avais pas l'intention d'aller au Grand Couvert. D'abord je n'avais pas la tenue qui convenait, on ne s'y montrait qu'en grand habit. Et ensuite, c'était parfaitement ennuyeux. Le roi et sa famille soupaient. Toute la Cour les regardait, bavardait, devisait, commentait les événements du jour, mais ne mangeait pas. Les courtisans expérimentés prenaient la précaution de souper avant. Et ceux qui n'en avaient pas eu le temps soupaient fort tard. C'était ce qui arriverait ce soir à mon père, Le Nôtre et Tubi. Toutefois, pour peu qu'on ait une toute petite destinée à la Cour, il était hors de question de ne pas se montrer au Grand Couvert et, par-dessus tout, il fallait essayer d'y être aperçu par Sa Majesté. Mais pour moi, dans l'immédiat, le plus important était peut-être de ne pas être aperçu par Sa Majesté. Sa Majesté m'avait sans doute assez aperçu pour aujourd'hui...

— *Philiberto mio, tou né* dis donc rien ?...

Tubi était venu marcher auprès de moi.

— Alors, il paraît *qué* c'était toi qui menais tout à l'heure *la carrozza dou* roi ?

— Presque, répondis-je. Je montrais seulement le plus court chemin au cocher.

— Et *tou* ne veux pas être militaire ? J'ai entendu ce *conte**, tout à l'heure, qui parlait à ton père...

— Je préfère être peintre.

— *Tou* as *oune* âme *dé* fer, toi, *Philiberto*... Moi, à ton âge, pour un grade d'officier, j'aurais donné mon père et ma mère, *plous* mes grands-parents. Et, d'ailleurs, encore maintenant... Tiens, j'ai bien envie d'aller *lé* voir, tout à l'heure, ce *conte*. Comme ta place est libre, je vais *loui démander* s'il *né mé* veut pas, moi... *Jé* sais *qué* j'adorerais la vie des camps. Les beaux chevaux, les belles armes, les bons camarades pour boire ensemble, jamais rien à penser, jamais *dé décisions* à prendre, en tout

* « Le comte » en italien.

cas pas *plous* importantes *qué* la vie ou la mort *dé* cinquante ou cent braves garçons, *dé* temps en temps *oune* belle parade pour *sé* faire admirer des dames... *Plous dé statoues* qu'on *né* sait jamais si elles sont bonnes, *plous dé* clients qui *né* comprennent rien *dé* rien et qu'on *né* sait jamais s'ils vont être contents, *plous dé* roi qu'on *né* sait jamais s'il va *vénir*...

— Et c'est ce soir que tu dis ça ? Le jour où le roi fait un triomphe à ton char d'Apollon et où la Marquise te commande douze statues pour Clagny ?

— C'est vrai, c'est vrai... C'est seulement *qué* ça me *répose* d'imaginer tout ça... L'inconvénient d'être officier, c'est qu'il faut avoir l'air *dé* rire quand on *té* tire *déssus*. Moi, à la première balle qui part, *jé mé* jette à plat ventre... Alors, *tou* veux peindre ?

— Oui...

— Ça t'a pris comme ça ?

— Oui...

— C'est *lé* bassin d'Apollon qui a tout déclenché ?

— En grande partie, sûrement, oui... Et, tout à l'heure, quand la Marquise a parlé de Clagny... Je me suis dit que je voulais le faire avec vous. Et que je le voulais plus fort que n'importe quoi. Alors, tu comprends, aller à la guerre, ça serait peut-être amusant mais cela serait beaucoup de temps gaspillé. Comme tu as dit un jour à mon père : « Ça ferait trop d'heures *perdoues* pour le travail... » Si je veux être à la hauteur pour Clagny, je n'ai pas de temps à perdre.

— Toi, *tou* fais *plous* fort *qué* saint Paul *sour* son chemin *dé* Damas*. Avec la *Marchesa* dans *lé* rôle *dou* Père éternel... On peut dire que les voies *dou* Seigneur sont impénétrables. *Tou* commences quand ?

— Je ne sais pas. Bientôt, demain, quand mon père voudra...

Il hocha la tête, pensif :

— C'est bien... Si *tou* veux dessiner, il faut te lancer. *Plous* on est jeune, mieux la main *sé* discipline.

Encore une personne qui voulait me discipliner !... Avec le comte de Forges, cela en faisait deux en une seule soirée.

— Et toi aussi, *tou* vas casser les pieds à tout *lé* monde dans l'atelier en soutenant *qué* *lé* dessin est *plous* important *qué* la couleur ?

---

* Saint Paul eut sur le chemin de Damas la révélation de sa mission sur Terre.

— Mon père peut se permettre de dire ça : son trait est parfait. Moi, je m'en garderai bien. Je crois que je serai bien content de pouvoir, comme il dit, étaler de la couleur pour arranger un trait approximatif...

Soudain, je ne sais pourquoi, le souvenir des torchons de Constantin me revint.

— Jean-Baptiste, demandai-je, est-ce que tu pourrais me rendre service ? J'ai besoin d'un peu d'argent.

Tubi haussa un sourcil et, malgré la nuit, me considéra comme s'il me découvrait :

— Toi, *Philiberto, tou* as déjà des dettes que *tou né* peux pas avouer à ton père ?

— En quelque sorte, oui.

— C'est les femmes ou les cartes ?

— Ni les unes ni les autres. C'est une affaire de corruption.

— *Jé* vais *dé sourprise* en *sourprise* avec toi ce soir, *Philiberto*...

— Tout à l'heure, expliquai-je, dans la forêt, j'ai dû acheter les chiens de la meute du roi pour qu'ils acceptent de perdre la piste. Sans cela, le roi ne serait rentré qu'à la nuit.

— C'était donc là-bas *qué tou* étais parti !... Eh bien, quand *tou* veux quelque chose, toi !... Et ils se sont montrés gourmands, les chiens ?

— Encore assez. Une meute royale, c'est forcément un peu cher. Ces chiens-là ont un rang à tenir, tu comprends ; ils ne peuvent pas avoir l'air de se laisser corrompre au-dessous d'un certain prix.

Cette idée fit rire Tubi.

— Il *té* faut combien, fils ?

Je réfléchis un instant.

— Trois grosses miches de pain, quatre plaques de lard et une douzaine de torchons qui ont été perdus dans la transaction. Ça doit faire trente ou quarante sols.

Tubi palpa son habit à la recherche de sa bourse, qu'il ne trouva pas.

— Ah, c'est vrai, j'oublie toujours *qué* cet habit *dé* cour n'a pas *dé* poches ! Mon tailleur dit *qué* c'est impossible *dé* faire un peu habillé avec des poches.

— En tout cas, il est réussi. Tu es d'une élégance !

— C'est élégant mais c'est incommode. J'ai demandé à mon tailleur : « Et comment *jé* fais, moi, *touté* la journée sans argent ?... » Et il m'a *répondou* : « Monsieur, faites comme les grands seigneurs, faites des dettes. »

— Et, là-dessus, je suppose qu'il t'a fait payer ton habit tout de suite ?

— Bien *entendou, lé* grippe-sou ! *Démain*, j'aurai ton argent.

— Merci. Je te le rendrai.

— Surtout pas. *Tou* nous as sauvé la vie, à ton père et moi... Quand *jé* pense *qué* pendant *cé* temps, j'étais à me morfondre dans l'*écourie* des carrosses... J'aurais voulu être avec toi. Au fond, toi, ce n'est pas peintre *qué tou* devrais devenir, *cé* n'est pas colonel ou général, c'est ministre. *Tou* es aussi malin *qué* l'était *lé* Mazarin*.

— Le roi ne veut plus de ministre trop puissant.

— C'est vrai, c'est vrai, la profession *sé* perd...

Nous étions arrivés devant le perron du château-vieux, là d'où nous étions partis, le roi et moi, deux heures plus tôt. Toutes les fenêtres étaient éclairées. La musique qu'on jouait dans les salons parvenait jusqu'à nous. Le Grand Couvert avait commencé. Mon père, Le Nôtre et Tubi, les héros de la soirée, étaient attendus par tous les courtisans. Dès qu'ils se

---

* Le cardinal de Mazarin, Premier ministre de Louis XIV pendant les premières années de son règne, avait la réputation d'être rusé comme un renard.

montrèrent à la porte, ils furent happés par l'assistance. Ce soir, tout le monde adorait leur œuvre et c'était à qui les féliciterait dans les termes les plus dithyrambiques. Ils furent comme aspirés vers l'intérieur des salons. Ils n'eurent même pas le temps de me dire un mot avant de disparaître.

Je demeurai seul. Je contournai le château-vieux par l'extérieur en passant sous les fenêtres éclairées. Je traversai la grande cour où brillaient encore quelques flambeaux, puis je me retrouvai dans la rue sombre. Je me mis à courir. J'étais pressé de rentrer à la maison. J'avais ma carrière de peintre à commencer demain puisqu'il était entendu que je ne serais pas ministre (le métier n'étant décidément plus ce qu'il avait été), ni Connétable de France (je venais de refuser mon premier poste de sous-lieutenant). Je serais le peintre Le Brun fils. Bien entendu, il y aurait toujours de fins observateurs pour faire remarquer — comme si c'était la révélation du siècle — que la peinture de Le Brun fils ne valait pas celle de Le Brun père. Mais cela n'aurait pour moi jamais aucune importance. Elle serait ma peinture. Il y aurait dedans ma petite musique qui ne serait jamais que la mienne. Bien sûr, ma petite musique rappellerait parfois les grands opéras de mon père. Comment pourrait-il en être autrement puisque j'avais eu le bonheur de contempler mon père à l'œuvre tous les jours de mes treize premières années ? Et j'avais la ferme intention de continuer à lui voler son métier, du mieux que je le pourrais, pendant les années qui arrivaient.

Je vis de loin que ma mère avait accroché une lanterne allumée au-dessus de notre porte. Je courus plus vite.

Table des matières

Anne-Sophie Silvestre

L'auteur est médecin. Elle est née en 1960 à Paris. Elle a trois grands enfants et un grand mari. Elle aime lire, rêver, écrire des histoires, inventer des dialogues, créer des mondes imaginaires et se promener dans le temps. Elle aime aussi les bateaux, les chevaux et les vagues le long de l'océan.

Dans la même collection, elle est l'auteur de :
Mon ami Louis, n° 887
Atalante – La fille de la déesse, n° 889
Atalante – La quête de la toison d'or, n° 890
Atalante – Le galop des amazones, n° 918
Atalante – Le secret du labyrinthe, n° 947
Une princesse à Versailles, n° 950
La Sentinelle de l'Empereur, n° 998

Et dans la collection Castor Cadet :
Ondine, fille des lacs
Duchesse en sabots

Louison et Monsieur Molière n° 798
Marie-Christine Helgerson

Louison n'a que dix ans quand Molière la choisit pour jouer dans sa dernière pièce. Fille de comédiens, Louison va enfin pouvoir réaliser son plus beau rêve, être actrice. Et pas n'importe où ! À la Comédie-Française, devant la cour du Roi Soleil, Louis XVI...

Les années

COLLEGE

avec **CASTOR POCHE**

Le quai des secrets n° 767
Brigitte Coppin

Bretagne, 1529. Un navire espagnol fait escale à Nantes. Léonora et son fils Jason sont recueillis par Jean. Bientôt une petite fille, Catherine, vient agrandir la famille. Frère et sœur de cœur, Jason et Catherine grandissent ensemble, font les mêmes rêves. Jusqu'au jour où Jason est contraint de partir. Bien des secrets vont alors être révélés...
Découvrez la suite du Quai des secrets : La route des tempêtes

Les années

COLLEGE

avec **CASTOR POCHE**

Raïsha, fille du désert n° 909
Carine Verleye

Raïsha appartient à une tribu nomade du Sahara, les Touaregs. Sa famille est noble, et Raïsha est fière de son origine. Avec ses nombreux frères et sœurs, Raïsha grandit au rythme du soleil et de la pluie. C'est pourquoi Raïsha dit parfois que le désert est sa mère, le vent son frère, la nuit sans lune sa sœur. Mais elle est aussi comme toutes les jeunes filles de son âge... Raïsha rêve d'un bel inconnu au visage caché.

Les années
COLLEGE

avec **CASTOR POCHE**

Zapnoonoo
– La plus belle pour aller danser
Todd Strasser

n° 877

Un bal est organisé au collège de Sunnywood ! Tout le monde attend cette fête avec impatience. Surtout Samara, qui espère enfin séduire le beau Parker. Mais une violente tempête s'abat sur la ville. Heureusement, Céleste a plus d'un tour... derrière l'oreille !
Céleste est également l'héroïne de L'inconnue de la cuisine et de La famille ensorcelée.

Les années
COLLEGE

avec **CASTOR POCHE**

Double meurtre à l'abbaye n° 655
Jacqueline Mirande

À la fin du XIIe siècle, près de l'abbaye de Hautefage, un pèlerin de Saint-Jacques est assassiné. L'enquête démarre aussitôt. Mais, à chercher les meurtriers, on se demande s'il y a encore des innocents.
Crime à Hautefage (N° 725) et Ce que savait le mort de la forêt (N° 842) complètent cette trilogie policière de Jacqueline Mirande.

Les années
COLLEGE

avec **CASTOR POCHE**

Cet
ouvrage,
le mille douzième
de la collection
CASTOR POCHE,
a été achevé d'imprimer
sur les presses de l'imprimerie
Maury Eurolivres
Manchecourt - France
en janvier 2007

Dépôt légal : septembre 2005.
N° d'édition : 3140. Imprimé en France.
ISBN : 2-08-16-3140-7
ISSN : 0763-4497
Loi n° 49-956 du 16 juillet 1949
sur les publications destinées à la jeunesse